集英社オレンジ文庫

詩剣女侠

春秋梅菊

目次

韓九秋《かんきゅうしゅう》

『七光天筆』と呼ばれた崔天明の弟子。ひねくれた態度をとるが、天才肌。陸破興とは不仲。

陸破興《りくはこう》

『七光天筆』と呼ばれた崔天明の弟子。軽い態度をとるが、素直な努力家。韓九秋とは不仲。

春燕《しゅんえん》

ひどい扱いを受けてきた孤児。天芯の侍女となって救われたため、斐家に恩義を感じている。

段玉鴻《だんぎょくこう》

悪名高き鉄墨会に属する剣筆家。妻と共謀して斐家を乗っ取る。

段素桂《だんそけい》

父・玉鴻と同じく悪辣な性格だが、実力とプライドは本物。

斐天芯《ひてんしん》

剣筆の名門・斐家の一人娘。病弱だが気は強い。

イラスト／新井テル子

詩《し》剣《けん》女《じょ》侠《きょう》

一、剣を以て筆となす

時は明代《みん》、さる天子の御世。天下は太平、花の彩《いろど》る晩春の季節。

十六歳の春燕《しゅんえん》は、主人の斐天芯《ひてんしん》と共に活気溢《あふ》れる常州《じょうしゅう》の街へやってきた。

主従の布靴は半年の旅でぼろぼろに破け、背負った絹の荷袋もすっかり色褪《あ》せている。

春燕は病に弱っているお嬢様の体を支え、とぼとぼ歩き続けた。空腹を覚えていた矢先、二人は街角でふと足を止めた。

見れば人だかりの中心で、武芸者の装いをした女が剣を手に立っている。そのすぐ隣には、人の背丈ほどもある、いびつな形をした岩があった。

――剣筆《けんぴつ》の大道芸だわ！

春燕は息を吞《の》み、お腹《なか》が空いていたのも忘れた。傍《かたわ》らのお嬢様が、軽くせき込みながら言った。

「あなた、見てくれれば？　行きたいんでしょ？」

「あ……いえ。いいんです。お嬢様、先にどこか休めるところを探しましょう」

お嬢様は枝のような細腕を持ち上げ、道端にある石饅頭《いしまんじゆう》を示した。

「私は、あそこに座って休んでいるわ。いいから、見てきなさい」

言うなり、自分からそばを離れていく。春燕は、すぐ戻ってきますから、と一言ことわり、観衆に加わった。

武芸者の女はすっと息を吸い、素早く剣を振るった。光が幾重にもたばしり、刃《やいば》は岩の上をしなやかに滑っていく。砂埃《すなぼこり》を舞い上げ、瞬《また》く間に書き上げたのは、

秋風起《しゆうふうお》こりて白雲飛び　草木《そうもく》黄ばみ落ちて雁南《がんみなみ》に帰る

の一句。漢《かん》の武帝《ぶてい》が詠《よ》んだ『秋風辞《しゆうふうじ》』だ。武帝は度々外征して領土を拡大し、王朝の最盛期を作り上げた。この詩には、皇帝自身の深い思いが込められている。偉大な事業を成し遂げた喜びと、迫り来る老いへの悲しみが。

女武芸者の刻んだ詩は猛々《たけだけ》しく、字の一つ一つが高らかに叫んでいるかのようだった。集まった人々が女の手練《しゆれん》に惜しみない拍手を送る。春燕も心を躍《おど》らせ、ぱちぱちと手を叩いた。

剣を納めた女が、観衆へにこやかに抱拳《ほうけん》の礼を返す。

「お集まりの皆様、わたくしは姓を雲《うん》、名を三娘《さんじょう》。生まれは山東《さんとう》の田舎、幼い頃に名のある師匠から、この剣筆の技を学びまして、以来各地をまわり芸を披露しております。どうぞよろしくお引き回しのほどを、お願いいたしますっ」

愛らしく、歯切れのいい言葉遣いに、観衆は早くも女へ祝儀を投げ与える。雲三娘は一層笑みを広げて、ぺこぺこお辞儀しながら続けた。

「さて皆様は、剣筆の由来についてご存じでしょうか？　その起源は遙《はる》か唐《とう》の時代にまで遡《さかのぼ》ります。もとは皿回しや呑刀《どんとう》と同じく、数ある大道芸の一つに過ぎませんでした。しかし我が大明王朝が成祖《せいそ》の頃、文武に長《た》けたお役人が、宮中でこの剣筆を披露し、かの天子を大いに喜ばせたのでございます。

皆様もご存じの通り、当時の大明は北に蒙古《もうこ》、南に倭寇《わこう》の禍《か》を抱えておりました。国を治めるには、文だけでなく武も備えねばならない。文武を融合させた剣筆は、成祖の志《こころざし》と大いに通じるものがございました。かくして、国をあげて大々的に剣筆の後押しが行われたのです。

以来百五十年ほどが経《た》ちまして、今や剣筆は広く中華の地を席巻《せっけん》し、各地に道場や店が建ち、競技としての大会が行われるなど、官民問わず愛される芸に発展したのでございます」

　人々が雲三娘の話に聞き入る中、春燕は岩の方へ寄っていき、雲三娘の刻んだ字をじっくり眺めた。掘りが深く、とても女技とは思えない。

　雲三娘は両手を広げ、さらに続けた。

「この剣筆には、三つの宝が欠かせません。三宝の名を、皆様はお聞きになったことがありますやら？　宝の第一は、わたくしの手にありますこの『彫書剣《ちょうしょけん》』。無論、普通の剣ではございません。ご覧の通り、左右に刃は無く、研がれているのは剣先のみ。人を殺《あや》めるためではなく、字を刻むために作られた、まさに筆なのでございます。第二の宝が、わたくしの背後にございますこの『岩紙《がんし》』。これもまた普通の岩ではございません。石膏《せっこう》や粘《ねん》土《ど》を混ぜ合わせた剣筆用の紙でございます。軽く丈夫で、わたくしのような流れの剣筆家は、常日頃これを馬車に三、四枚積んでおります。そして第三の宝というのが、彫書剣を操り、岩紙に字を刻む『人』でございます。この三宝が集《つど》えば、それ、この通り！」

　言うなり、また素早く剣を舞わせて、背後に置かれた別の岩紙に詩句を刻んでみせた。

　再び拍手がわき起こる。

　雲三娘は観衆へ向き直り、再度お辞儀した。

「皆様の中で、もしわたくしの拙《つたな》い字をお求めの方がおりますれば、どうぞ石ころ木切れを何なりとお持ちくださいませ。銀一両でお好きな字、名前、詩句を刻んで差し上げましょう。もっとも、この通り剣を以《もっ》て筆としておりますので、何卒《なにとぞ》紙や布の類《たぐい》はご勘弁くださいませ」

冗談を交えた語り口に、人々はどっと笑い出した。たちまち長蛇《ちょうだ》の列が出来上がる。長い彫書剣は演舞用なので、女はそれを納めると腰の短剣を抜いた。慣れた手つきで、差し出される石や木片に字を刻んでいく。とはいえ、銀一両となると安い金額ではない。貧乏な者は指をくわえて見ているしかなかった。

ぼんやり岩紙の字を眺め続けていた春燕の耳へ、突然雲三娘の鋭い声が聞こえてきた。

「ダメダメ、お金の無いお客さんには彫らないよ！　とっとと帰りな！」

見れば雲三娘の前に、十歳くらいの女の子がうなだれて立ち尽くしている。着ている物は穴だらけ、体も痩《や》せていた。恐らく貧しい農家の子供だろう。薄汚れた手で、平たい灰色の石を包むように握っている。

雲三娘は舌打ちして言い足した。

「うちは子供なんか相手にしていられないんだ。食べていくので大変なんだから。さあ、早くお行き！」

俯《うつむ》いた女の子が、とぼとぼその場を離れていく。それでも、未練がましそうに何度か雲三娘を振り返った。

春燕は駆け寄っていって、声をかけた。

「お嬢ちゃん」

立ち止まった女の子が、振り向く。春燕はやや屈《かが》んで、相手の目線に高さを合わせながら尋《たず》ねた。

「字を彫ってほしかったの？」

遠慮がちに頷《うなず》く。目のふちが赤らんで、何とも哀れだった。春燕はその頭を撫《な》でながら言った。

「私が、彫ってあげましょうか？」

小さな双眸《そうぼう》が、期待に膨らんだ。

「お姉さん、出来るの？」

「少しだけね。それで、字は何がいいかしら？」

薄汚れた手で懐《ふところ》の中を探り、一枚の紙を取り出す。見れば『淑若《しゆくじやく》』の二字が書かれている。

「素敵。お嬢ちゃんの名前？」

相手は首を振って、答えた。

「おかあさん」

「お母様のお名前？　どうして、彫ってほしいの？」

「おかあさん、病気なの。この石……うちの宝物だから、おかあさんの名前を入れれば、きっと病気も良くなるって……そう思って」

お母さん、か。春燕は胸をつかれた。それから、女の子がじっと自分を見つめているのに気がついて、咄嗟《とっさ》に笑顔を作りながら答えた。

「あなた、とってもいい子ね。お金はいらない。ただで彫ってあげる」

春燕は女の子を連れ、人だかりから離れた。受け取った石は見た目の割にずしりと重く、手触りはなめらか、なるほど確かに普通の代物《しろもの》ではないらしい。春燕は腰に佩《は》いた彫書剣を抜き、刃を突き立てた。が、どうしたことかうまく字が刻めない。何度力を込めても、石には傷一つつかなかった。

「どうなってるのかしら？」

困り果てた矢先、横から声が飛んだ。

「刃が駄目になるぜ、そのやり方は」

顔を上げると、瓢簞《ひょうたん》を肩に担《かつ》いだ若い男が、ふらふらした足取りで近づいてくるところだった。歳《とし》は二十を少し過ぎたくらいだろうか。背は高く、顔がやや酒気を帯びている。

髪はぼさぼさ、服もだらしなく着崩していた。

「あの、今、何て……？」

戸惑いながら答えた矢先、手から重みが消えた。慌てて目をやると、握っていた石がいつの間にか青年の右手にうつっている。

彼は石を陽光にかざしながら言った。

「なるほど、広州《こうしゅう》の『海宝石《かいほうせき》』か。このあたりだと滅多《めった》に拝めん代物だ。岩紙のように字を刻むとなると、少々腕が必要だな」

それから、春燕に目を向ける。

「何の字を彫ってほしいんだ？」

「あの、私じゃないんです。刻むのは、この子の母親の名前で……。淑若さんというんですけど」

「貞淑の淑に、老若《ろうにゃく》の若か？」

「はい」

「よしきた」

いきなり、男が石を宙へ放り投げた。次の瞬間、袖《そで》口から短剣を引き抜いたかと思うと、素早く七、八回、落ちてくる石へ切りつけた。そしてすかさず剣を納め、石を摑《つか》み取る。

「ほらよ、お嬢ちゃん」

女の子が受け取ると、淑若の二字が綺麗《きれい》に石へ刻まれている。

春燕はあんぐり口を開けた。空中から落ちてくる石へ字を刻む芸当といい、字の見事さといい、恐るべき手練だ。

女の子は何度も礼を言って立ち去った。それを見送った青年も、長いあくびを漏らしてすたすたと歩き出す。

「あのっ、待ってください」

剣を納めた春燕が慌てて追いかけると、相手は怪訝《けげん》そうに振り向いた。

「何だい？」

「助けてくださって、ありがとうございます。ご尊名をおうかがいしても？」

青年がにっと笑う。

「姓は陸《りく》、名は破興《はこう》。礼はよせよ。貴重な『海宝石』を見て、ちょっと興が乗っただけだ。余計なことして悪かったな」

「いいえ、そんな」

彼は腕を組みながら、上半身を乗り出してきた。

「あんたも剣筆をやるのかい？」

「はい。あ……でも、まだまだ未熟者ですから」

春燕が顔を赤らめて答えると、陸破興は片方の眉を持ち上げた。

「修行中の身で一人旅か？　それじゃ、食っていくのも大変だろう。今時、剣筆家なんぞ街中うようよしてるからな。あんた、どこから来たんだ？」

答えかけた時、背後で叫ぶ声がした。

「おい、若い娘が倒れたぞ！　どうしたんだ？」

お嬢様だ！　春燕は仰天した。

「ごめんなさい、また今度！」

言うやいなや駆け出している。彼女は人垣をかき分けて、路傍《ろぼう》に倒れているお嬢様を助け起こした。主人は気を失い、口から血の筋をしたたらせている。背負って運ぼうとすると、周囲の親切な人間が手を貸してくれた。

春燕は近くの粗末な宿を借り、お嬢様を寝床に運んだ。

夕方近くなっても、お嬢様は目を覚まさない。肌からみるみる血の気が失せ、息もか細くなっていく。このまま影のように消えてしまいそうだった。春燕は気が気でなくなった。

医者に診《み》てもらわなくては。思い立って、お金の入った巾着《きんちゃく》をひっくり返したが、吐き出されたのは銅銭が数十枚だけ。薬を買うどころか、今晩の宿賃すらも危うい。

――どうしよう。お金、何とかしなきゃ……。

振り向いて、壁に立てかけた自分の彫書剣を見た。お金に換えられそうな物は、これだけだった。

春燕は剣を手に取り、ぎゅっと抱き締めた。何年も使ってきた大事な剣。亡き旦那《だんな》様に買ってもらった、大切な宝物。

けれど、今は手放すしかない。お嬢様のためだもの。

宿を出て、質屋を訪ねる。剣は銀四両になった。続いて町医者のもとへ行き、お嬢様の容態を見てもらう。医者は脈を診た後、ため息交じりに首を振り、処方箋《しょほうせん》を渡してそそくさと帰ってしまった。

医者の態度に嫌な予感がしつつも、急いで薬屋へ向かう。陳皮《ちんぴ》、高麗人参《こうらいにんじん》、茯苓《ぶくりょう》、甘草《かんぞう》などの薬剤を買うと、四両の銀はあらかた使い尽くしてしまった。

店を出ると、外は雨が降り出している。もう少しお金があれば、傘を買えたのに……。

春燕は嘆息《たんそく》し、油紙に包んだ薬剤を懐深くへ押し込んだ。

帰り道はひもじかった。麺《めん》や焼餅《やきもち》を売る屋台を通り過ぎる度、無視し難い餓《う》えが襲ってくる。何も食べないわけにはいかない。でも、お金はない。

春燕は、物乞《ものご》いすることにした。もともと卑《いや》しい使用人の身分だから、人へ頭を下げることくらい何でもない。近くの民家をまわって、食べ物を乞う。一軒目では罵《ののし》られ、二軒目では唾《つば》を吐きかけられ、三件目に至っては箒《ほうき》で思い切りぶたれた。ようやく四軒目で、煮芋《にいも》をいくつか貰《もら》えた。春燕は雨を凌《しの》ぐため木陰《こかげ》にしゃがみ、夢中で貪《むさぼ》った。冷たいうえに味つけもされていない。それでも、空腹な身にはまたとないご馳走《ちそう》だった。

雨が激しさを増す。

春燕はずぶ濡れになって宿に戻った。自分の体を拭くのは後回しにして、厨房《ちゅうぼう》で薬を煎《せん》じる。

部屋に向かうと、斐天芯お嬢様は目を覚ましていた。

「あなた、どこへ行っていたの……？」

「薬を買いに行ってました。ご心配かけてすみません。さぁ、どうぞ」

煎じた薬を飲ませると、肌に赤みが戻り、元気がよくなったように見えた。

「春燕、ありがとうね」

「お礼なんて要りません。これが私のお役目なんですから」

春燕は微笑《ほほえ》み、鼻をすすった。お嬢様が、上から下まで彼女を見回し、咎《とが》めるように言った。

「あなた、濡れてるじゃない。風邪をひいたらどうするの」

「大丈夫です。すぐ拭きますから」

「それに、その顔はどうしたの？」声に疑いの色が濃くなる。「何も無かったなんて言っても、信じないから」

「お金を使い切ってしまって、物乞いをしました。その時、ちょっとぶたれたんです。大した傷じゃありません」

仕方なく答え、顔を背ける。本当はちょっとどころでは無かった。箒で打たれた右頬《ほお》には、青痣《あおあざ》がくっきり出来ている。

お嬢様は追及をやめてくれなかった。

「じゃあ、薬の代金は？」

胸がずきりと痛む。今度は、平気な表情を保っていられなかった。掠《かす》れた声で言う。

「……私の剣を売りました」

「あなた、あんなに大事にしてたのに」

「いいんです。杭州《こうしゅう》に着いたら、また別のを買います」

お嬢様は、自分の細腕に通していた古い漢玉の腕輪を、ゆっくり外した。

「明日、これを質入れしてきなさい。十両くらいにはなるでしょう」

差し出された腕輪を見て、春燕は息を呑んだ。

「でも、それは亡くなった奥様の形見じゃありませんか。そんな大切なもの……駄目です」

「あなたは自分の宝物を手放してくれた。私に同じことが出来ないと思うの？　いいから、言う通りにして」

　押しつけられた腕輪を、春燕は渋々受け取った。それから、厨房で作ってもらったお粥《かゆ》をお嬢様に食べさせる。が、主人は二口ほどで喉《のど》をごろごろ鳴らし、中身を吐き出してしまった。春燕が慌てて手巾《しゅきん》を差し伸べ、口元にあてがう。お嬢様は背中を丸め、激しくせき込んだ。

　主人が胸の病を患《わずら》って、もう二年になる。近頃は特に具合がよくない。

　手巾を離すと、それは不気味なほど赤い血で染まっていた。春燕の頭をよぎったのは、ため息交じりに頭を振る医者の姿だった。冷たい汗が背に滲《にじ》む。お嬢様を不安にさせないよう、そそくさと手巾をしまい込んだ。

　寝床に横たわり、天井をぼんやり眺めていたお嬢様は、ぽつりと言った。

「私、もう駄目だわ」

　春燕は聞こえない振りをした。ちり紙で、布団に散っていた血を叩く。

「春燕。私を置いていきなさい」

　思わず手が止まる。聞き間違いを確かめるように、主人を見た。

「一緒に旅に出てから、いえ、父が亡くなってからずっと、あなたは本当によく面倒を見てくれたわ。こんな病人、とっくに見捨ててくれてもよかったのに。恩返しがしたいけれど、私には何にもあげられるものが無いの。だから、あなたを自由にしてあげる。この先、旅の途中で私の身に何かが起きたら、構わず見捨てていきなさい」

ちり紙を床へ投げ捨て、春燕は主人に身を寄せた。

「何を仰《おつしや》るんです。よしんば自由にしてもらったって、お嬢様を見捨てることが出来ますか！　旦那様にこの身を買っていただいた日から、一生かけてお仕えすると誓ったんです！　私、これからもずっとお嬢様のそばにいます。一緒に杭州へ行って、お嬢様の具合がよくなるまで看病して、それから剣筆の稽古《けいこ》をして……」

「そう……」お嬢様の瞳から、細い涙がつたった。「ねえ、あなたがそれほど私を大切に思ってくれるなら、一つお願いを聞いてほしいの。今生《こんじよう》のお願いよ。無理ならことわってくれて構わないわ。でも、もし聞いてくれるなら、力を尽くすと約束して」

春燕はたじろいだ。今日の主人は様子が変だ。病気で弱っているせいだろうか。でも、きっと大事な頼みごとに違いない。神妙な面持《おもも》ちで頷いた。

「はい。何でしょう」

「杭州に着いたら、私の代わりとして、父の兄弟子だった『七光天筆《しちこうてんぴつ》』こと崔天明《さいてんめい》様に剣筆を学ぶのよ。そして父の遺言に従い、金陵《きんりょう》大会へ参加してほしいの」

「え、わ、私が？　お嬢様の代わりを？」思いがけぬ話に、春燕は面食らった。「それは無理です。斐家の技は家伝ですよ。私はただの侍女で、剣筆を学んだのも、旦那様が特別にお許らいくださったからです。もともと技を継ぐ資格なんかありません。それに崔様は旦那様と同じくらい名を知られた達人、私みたいな身分の人間が弟子入りなんて」

「じゃあ、私の名前をあげる。あなたが斐天芯を名乗れば、きっと教えてくれるわ」

「そんなこと出来ません。そもそも、剣筆の腕前だって……」

「腕前に関しては、一概《いちがい》に言えないわ。私は休み無く修行に励んだけれど、侍女のあなたは仕事の合間に学んだだけだものね。でも、それにしては十分過ぎる技量だわ。ずっと前からわかってた。あなたには剣筆の才能があるんだって」

「お、お嬢様ったら、どうしたんです。名門の技を継げとか、才能があるとか、おかしなことばかり……。もう休みましょう。また具合が悪くなったら大変です」

話を逸《そ》らそうとする春燕へ、お嬢様が細腕を伸ばす。そして懇願《こんがん》するように続けた。

「お願い、最後まで聞いてちょうだい。あなたに託すって決めたんだから。あなたは、剣筆が好きでしょう。私はたまたま名門に生まれて、父に命じられたから、仕方なしにやってただけ。でもあなたは違う。私よりずっと、真剣に打ち込んできた。だから、崔様に技を習う資格だってあるはずよ」

「いいえ、そんな資格ありません。だってお嬢様が――」

「私の身体《からだ》は、もう治らないわ」息が続かないのか、声は喘《あえ》ぎがちになった。「ただ歩くのさえ難儀だし、剣だって、満足に持てない。万が一回復したとしても、金陵大会には間に合わないの。だから……あなたにお願いするのよ」

双眸には切実な色が浮かぶ。春燕は聞いていられなかった。まるで死に際の遺言ではないか。こんな話をするのも、きっと病が悪化しているせいだ。

ひとまず承知してしまおう。具合が良くなれば、後々約束を反故《ほご》にしたって咎められないだろう。春燕はそう思い、主人を安心させたい一心で、頷いた。

「……わかりました。仰る通りにします」

「本当に、誓ってくれるのね？」

「はい。出来る限り、力を尽くします」

お嬢様の顔に、満足そうな笑みが広がった。

「ありがとう……。約束してくれてよかった。もう寝るわね。あなたも疲れたでしょう。早くお休み」

嫌な話題から逃れられて、春燕もようやくほっとした。もう余計な話はさせまいと、急いで布団を整える。それから灯《あか》りを消し、自分も床に布団を敷いて休んだ。

けれど、なかなか眠れなかった。昼間の医者の態度や、お嬢様の話しぶりに、言い知れぬ不安が募る。春燕は何度か身体を起こし、様子を確認した。三度目、お嬢様が規則正しい呼吸で寝入っているのを見ると、ようやく安心し、今度こそ深い眠りについた。

夜の間悶々《もんもん》としていたせいか、翌日は寝過ごしてしまった。ぼんやり目が覚めると、もう昼過ぎだ。

のろのろ隣の寝床を振り向くと……布団からはみ出た手が、妙に力なく垂れ下がっていた。

恐ろしい予感が総身を駆け抜け、春燕は跳ね起きた。震える手を伸ばし、指先をお嬢様の鼻腔《びこう》へあてがう。

息が無かった。

お嬢様、お嬢様！　春燕は悲鳴のように叫び続け、何度も主人の身体を揺り動かした。肌はぞっとするほど冷たく、石かと思うほどに硬直している。手遅れだ。

しばらくの間、何も考えられなかった。後悔と怒りが、波のごとく押し寄せた。

――なんで。なんで、気がつかなかったの。お嬢様の言葉の意味を、もっと深く考えなかったの！　もしわかっていたら……、わかっていたら、こんなことにはならなかった！

春燕はその場に崩れ、泣き叫んだ。

騒ぎを聞きつけて、宿の人間達が部屋に入ってくる。彼らは春燕を必死になだめ、何人かが医者を呼びに走った。

大分経って、医者が来た。その頃には、春燕も涙を流し尽くして、すっかり気が抜けたようになっていた。

医者がお嬢様の口内を探ると、濡れた布団の真綿が出てきた。春燕に悟られぬよう、こっそり真綿を飲んで自害したのだ。

枕元から遺書も見つかった。自分が死んだ後、漢玉を売った路銀で杭州を目指し崔天明に会うこと、お金が無いだろうから葬式はやらなくていいこと、女の一人旅は危険だからよくよく気をつけること……。

春燕は泣きに泣いた。宿の客には親切な人間が何人もいて、助力を申し出てくれる。そこで、近くの古廟《こびょう》にお嬢様の遺体を預かってもらった。いずれお金を手に戻ってきたら、きちんと埋葬《まいそう》出来るように。

遺品は僅《わず》かだった。愛用していた剣、家伝の剣術を記した秘伝書、古びた手鏡……。春燕はそれらを大事にまとめた。

いつまでも悲しんではいられない。春燕は支度を済ませると、一路杭州を目指すことにした。聞けば水路を使うのが一番早そうなので、船頭を雇って船に乗る。

独りぼっちの旅は、何とも心細かった。揺れる船室の中、春燕は形見となった剣を抱き締め続けていた。


二日で、杭州に着いた。長い道のりに思えたのに、水路を使えばあっという間だった。

春燕の胸は、またしても後悔で満ちた。こうも簡単にたどり着けるとわかっていたら、もう少し頑張るよう、お嬢様を必死に説得したのに……。何もかも、遅すぎた。

江南《こうなん》でも指折りの豊かな都市だけあって、杭州の賑わいは常州以上だった。けれど、今の春燕はその中にとけ込む気分ではなかった。何より、一刻も早く崔天明に会いたい。お嬢様も春燕も、崔天明が旦那様の兄弟子で、杭州に住んでいるということくらいしか知らなかった。まずは手がかりを探さなくては。

通りを歩いていると、剣を背負い、書生風の身なりをした若い男達とすれ違った。春燕は一目で、それが剣筆をやる人間の風貌《ふうぼう》だとわかった。皆、同じ緋《ひ》色の着物をまとい、腰に金の玉環を提《さ》げている。多分、街の大きな道場に属している門弟だろう。崔天明は名の知れ渡った剣筆家だし、彼らに聞けば何かわかるかもしれない。そこで、おずおずと声をかけた。

「あの……すみません。お尋ねしたいことがあるんですけど」

にこやかに談笑していた若者達は、立ち止まって振り向いた。一人が怪訝そうに聞き返す。

「何だよ?」

「人を探しているんですが、教えていただけないでしょうか」

「そんなの、他で聞けばいいだろ。何で俺達なんだよ」

相手がさも面倒臭《くさ》げに片手を振り、行ってしまおうとするので、春燕は慌てて言い足した。

「いえ、その、もしかしたらご存じじゃないかと思って。有名な剣筆家で、崔天明様という方なんですけど……」

若者達は、揃《そろ》ってきょとんとした。それから口元をむずかゆそうに歪《ゆが》ませ、次の瞬間、腹を抱えて笑い出した。

春燕はこの反応に面食らって、しばらく二の句が継げなかった。相手がなおもおかしそうな様子で言う。

「あんた、崔天明を探してるんだって? 一体何の用で?」

　春燕は返答に窮《きゅう》した。若者達の様子が予想外なので、ありのままを打ち明けるのはためらわれた。

「その……詳しくは言えません。ただ、お会いしなければいけない用事があって」

「崔天明の名前なんて、久しぶりに聞いたよなぁ。あんなのに会いたがる奴がいるとは、また珍しいや」

「まったくだな。その用事ってのも、どうせろくなもんじゃないんだろ」

　口々に悪意のある言葉を向けられ、春燕は腹が立ってきた。

「もういいです」

　きびすを返し、大股《おおまた》で立ち去りかけると、若者の一人が声をかけた。

「嬢ちゃん、そいつは杭州中を歩き回ったって見つからないぜ。会いたかったら土の中でも探すんだな」

　思わず、振り向いた。

「どういう意味ですか？」

「馬鹿《ばか》だなぁ。崔天明はとっくに死んだんだよ。もう三、四年になるかな？」

　頭に衝撃が走った。春燕は、震え声で聞き返した。

「お、お亡くなりに？　崔天明様が？」

「そうさ。嘘《うそ》なんかつくかよ。どういう用事か知らないが、諦《あきら》めて帰るんだな」

若者達は呆然《ぼうぜん》とする春燕を後目《しりめ》に、笑いながら去っていった。

日が暮れた。

春燕は剣を抱えて、町外れの古廟に行き着いた。中は無人で、どこもかしこも埃だらけだ。

最初のうちは、若者達の言葉が信じられなかった。もしかすると彼らは、自分がよそ者なのを馬鹿にして、嘘を言ったのかもしれない。どうかそうであってほしいと願って、春燕は通りにいる商人や宿の主人、誰彼構わず捕まえて、崔天明のことを尋ね歩いた。

答えは同じだった。彼は既《すで》にこの世の人ではなく、そのうえ杭州中の人々から笑い物にされていた。その理由が何故《なぜ》なのか、深く聞く勇気は無かった。崔天明が亡くなったという事実だけでも、春燕を打ちのめすのに十分過ぎた。

苦労して、やっと杭州まで来たのに。お嬢様は自分の命を投げ出して、私に全てを託したのに……。春燕は古廟の隅《すみ》に崩れ、剣を抱き締めて泣いた。

この先、どうすればいいのだろう。

　春燕は身よりの無い孤児だった。幼い頃に捨てられ、両親の顔もわからない。物乞いをしながら暮らし、ある時人攫《さら》いにあって、市場で売られた。それを九年前、旦那様――斐家の当主・斐士誠《しせい》に買ってもらったのだ。優しい旦那様のおかげで、食べるもの着るもの、何不自由なく生活出来るようになった。旦那様の一人娘・斐天芯とは歳が近かったので、彼女の身の回りの世話をする侍女として仕えた。それが縁で、剣筆の技も教えてもらったのだ。春燕は、一生かけて恩を返そうと決めていた。

　しかし、今や旦那様もお嬢様もこの世の人ではない。恩を返す術《すべ》もすっかり失われた。

　廟に隙間《すきま》風がさし込む。身震いした春燕は、着物の襟《えり》を掻《か》き合わせた。すると、懐から何かが滑り落ちていった。

　古びた四角い手鏡――お嬢様の数少ない遺品だ。鏡をはめ込む枠は、なめらかな紫檀《したん》で出来ている。

「あれ……？」

　拾い上げると、裏側に妙な手触りがした。

　字が彫られているようだ。

　裏返すと、やはり思った通りだった。この手鏡は、時々春燕も借りて使っていたが、それまで文字など刻まれていなかった。きっと、お嬢様が亡くなる前に書き残したのだ。

何か大事なことが記されているかもしれない。春燕は食い入るように字を見つめた。

家在夢中何日到（我が家は夢の中、いつになれば帰れるのでしょう）

我的心永遠在你身辺　斐天芯（私の心は、いつもあなたのそばにいます　斐天芯）

前の句は、唐代の詩人・盧綸《ろりん》の作った『長安春望《ちょうあんしゅんぼう》』の一節だ。家へ帰れぬ悲しみを詠んでいる。まさに戻る場所を失ったお嬢様の気持ちそのものだった。

それより気になるのが、後に続くお嬢様の言葉だ。

私の心……いつも一緒にいる……。一緒にいるって、どういう意味だろう。

春燕は困惑した。いくら考えてもわからない。事実、お嬢様は死んだのだ。こんな言葉だけ残されて、何になるのだろう。

次は怒りを覚えた。一緒にいてくれるというなら、何故私を残して自害してしまったのか。来世の供をしてくれと頼まれれば、決して拒んだりしなかったのに。

最後には、酷《ひど》い無力感が胸を満たした。

自分一人では、何も出来ない。辛《つら》い旅を耐えてこられたのも、お嬢様が一緒だったからだ。それにこれまでは、行先もすべきことも、全てお嬢様が導いてくれた。春燕はそれに従うだけでよかった。二人は一心同体だった。今の春燕は、心を失った手足、操り手を失った人形に等しい。

――結局のところ、私が役立たずなのがいけないんだ。

自分に剣筆の才能なんてあるわけがない。達人の助けが無ければ、技を磨き、大会に出る約束も果たせそうになかった。

このまま生きていて、何になるだろう。空《むな》しいだけだ。もう一度、旦那様やお嬢様に会いたい。会って、自分の不甲斐《ふがい》なさをお詫《わ》びしたい。

いっそ、死んでしまえば……。

悲愴《ひそう》な思いに衝《つ》き動かされて、春燕はふらふらと立ち上がった。廟の隅に転がっていた古い椅子《いす》を持ってくると、その上に乗り、腰帯を解いて天井の梁《はり》に引っかける。端同士を縛って輪を作ると、支度は整った。

意を決して輪に首を通し、椅子を蹴《け》る。

体が宙に浮き、帯が首へきつく食い込んだ。たちまち息苦しさで、涙が滲み出る。

――これでいい。早く、早く楽にして。旦那様やお嬢様に会わせて！

出し抜けに、帯がちぎれた。

冷たい床へ体が叩きつけられる。埃臭さと、首を絞めた痛みで、春燕は激しくせき込んだ。

——何て不甲斐ない。私、ちゃんと死ぬことも出来ないんだ。

急に、全てが馬鹿らしく思えた。春燕は笑い出した。仰向けに転がり、長いこと笑っていた。一緒に、沢山の涙も流しながら。

いつしか疲れを覚え、眠ってしまった。

昼頃になって、春燕はようやく目を覚ました。

体を起こすと、そばに落ちている帯が目に入った。もう一度、ちゃんとしたやり方で自害しようか。

手を伸ばしかけて、彼女はためらった。半分は恐怖のせいだ。喉がきりきり絞められていくあの感覚は、思い出すだけでぞっとする。首吊りはとても楽な死に方だと思ったのに、試してみると大違いだ。もう一度実行するだけの勇気が、今は無かった。

もう半分は、衝動的な自殺未遂の後で、幾分頭が冷静になっていたからだ。ここで死んでしまうなんて、それこそ旦那様やお嬢様への不忠になりはしないだろうか。自害するだけの度胸があるなら、もっと他のことに力を使うべきだ。

あれこれ考えた末、ようやく気持ちが前向きになり始めた。

本当にどうにもならなくなるまで、お嬢様との約束に力を尽くそう。それから命を絶っても遅くはない。自分みたいなつまらない人間、生きてたって死んでたって、別に変わりはしないのだから。やれるだけ、やってみよう。

春燕は立ち上がり、着物の汚れを手ではたき落とした。帯を結び、荷物を整えて古廟を出た。近くに池があったので、顔を洗い、喉を潤す。

それから、杭州の街へと足を向けた。まずは崔天明の死因について、はっきり確かめなければ。昨日はその事実を受け止めきれなかったけれど、今は心の準備が出来ている。

街に着いた途端、激しい空腹に襲われた。よく考えたら、昨日の昼から何も食べていない。通りの露店では饅頭や焼餅、麵、飴《あめ》菓子などが売られている。春燕はごくりと唾を飲んだ。路銀はそれほど多くない。頼みの綱だった崔天明もいないとなれば、何か暮らしていく術を考える必要がある。

早くも気が滅入り出したその時、背後から呼び声がした。次いで、大きな手に肩を叩かれた。ぎくりとして振り向くと、背の高い青年が、白い歯を見せて微笑んでいた。

「やっぱりあんたか。ここで何をしてる？」

「え……」

ぽかんとした春燕は、ややあって気がついた。

先日、常州で見事な剣筆の技を見せてくれた、あの青年だったのだ。

「もしかして……あの時の。えっと、確か……陸様」

陸破興はにこやかに頷いた。

「様なんてよしてくれ。杭州へ来てたのか」

「あの、はい。用事があって」

それがもはや果たせない用事なのを思い出し、すっかり気落ちした。

再び、お腹がごろごろと餓えを訴える。陸破興が眉をひそめた。

「なんだ、腹が減ってんのか」

「ええと……少し」

本当は少しどころではなかったけれど、恥ずかしさでそう答えた。

「それなら来いよ。おごってやる。うまい店を知ってんだ」

「え、そんな……悪いです」

「遠慮すんなって。あんたが気に入ったんだ」

「私を？　どうしてですか？」

「飯を食いながら話してやるよ。行くぞ！」

言うなり、大股で歩き出している。春燕は吸い寄せられるように、青年へついていった。

羊肉と七色野菜の炒《いた》め物、湯葉と白魚の吸い物、筍《たけのこ》と鹿肉の入った雑炊《ぞうすい》、それに恵山泉《けいざんせん》の水で作った青菜のお浸し、鹿肉と蓮《はす》の葉が入った粽《ちまき》……。

春燕は目をしばたたいた。陸破興と共にやってきた『大歓楼《だいかんろう》』は、杭州でも指折りの料亭らしかった。

「さあさ、食った食った」

促《うなが》しながら、青年は豪快に食べ始める。春燕も遠慮がちに箸《はし》をつけ、ややあって尋ねた。

「あのう、さっきの話なんですけど」

「ああ、あれか？　あんたこの前、無償でお嬢ちゃんに字を彫ってやろうとしただろう。それが気に入ってな」

春燕はきょとんとした。そんなことで？　男は彼女の表情を見て、察したように笑った。

「なかなか出来ないことだぜ。今時、ただで剣筆の腕を売る奴なんて少ないからな。あの日いた雲三娘とかいう女も、腕は悪くないが、あのがめつさときたら……」

数日前、雲三娘が小さな女の子を邪険に振り払っていた光景を、春燕も思い出した。

男は杯に酒を注ぎながら聞いた。

「あんた、どうして杭州に来たんだ」

春燕は、陸破興の親切さと、人当たりのよい話しぶりを見て、少なからず心を許した。

そこで、包み隠さずに打ち明けた。

「人を訪ねてきたんです。剣筆の達人で、渾名《あだな》を『七光天筆』という方なんですけど――」

がちゃんと、陸破興が杯を取り落とした。

瞳にぎらぎらと強い光が宿り、肩は小刻みに震えている。彼は低い声で尋ねた。

「『七光天筆』だと？」

相手の剣幕にすっかり気圧《けお》されながらも、春燕はかろうじて頷いた。

「は、はい……」

「どっちの『七光天筆』だ？」

「え？」

「だから、どっちの『七光天筆』か聞いてるんだ」

春燕は混乱した。わけがわからない。そもそも崔天明様は亡くなったと聞いていたのに。

「ど、どっちって、どういう意味ですか？」

彼はバンと卓を叩いて立ち上がった。

「話がある！　ついてこい！」

「あ、あの、まだご飯食べ終わって――」

「とにかく来い！」

陸破興が春燕の腕を掴み、無理矢理椅子から引き剝がす。

「えっ、えっ？　ちょっと、どういうことなんですか！」

あらがう術もなく、彼女は青年に引っ張られていった。


杭州の町外れ、のどかな風のそよぐ平原に、一軒の屋敷が立っていた。古風な造りは風情に満ち、周囲の自然ともうまく溶け込んでいる。門の額には雄渾《ゆうこん》な筆跡で『脂薇荘《しびそう》』と書かれていた。

春燕を引き連れた陸破興は扉を乱暴に蹴破ると、中へ踏み込みながら怒鳴った。

「おい、九秋《きゅうしゅう》！　韓《かん》九秋！　いるんだろ！」

居間にいたのは一人の青年。歳は陸破興と同じくらいに見えた。筆を手にして、卓上の紙に字をしたためている。しかめた表情が似合う顔立ちで、椅子にもたれている様子はいかにも気怠《けだる》げ、漂う雰囲気はどことなく俗離れしていた。長い黒髪は、綺麗に束ねて結い上げられている。

陸破興が大股で近づいていくと、青年は紙面に目をやったまま言った。

「騒ぐな。気が削がれる」

「お前、客を呼んだのか?」

「呼んでいないが」

「『七光天筆』目当てのお客さんが来てるぞ」

陸破興が春燕の体を押し出す。九秋はちらりと彼女を見やり、また紙面へ視線を戻した。

「覚えが無い」

「ふん。お前が呼んだんでなけりゃ、どうして杭州に『七光天筆』を訪ねる人間が来るんだ?」

「覚えが無いと言った」

すっかり混乱していた春燕が、おずおずと口を開く。

「あの、私自身もさっぱりなんですけれど……崔天明様は、確かお亡くなりになったんじゃ」

陸破興は彼女に向き直り、言った。

「そうだ。だが、『七光天筆』の名は、まだこの世から消え去ったわけじゃない」

「え……？」

「俺は、崔天明の生前の弟子だ。つまり、『七光天筆』の継承者ってわけさ」

「それと、この私もだ」韓九秋が横から冷ややかに口を出す。「そこの偽物のせいで、本物が『七光天筆』を名乗れないのだ。ゆえに『七光天筆』の名は消えたわけでもないが、この世に残っているとも言えん」

「に、偽物って……。つまり――」春燕は二人の男を代わる代わる見つめ、慎重に尋ねた。

「その、どちらが本物なんですか？」

「俺」「私だ」

二人が同時に答え、それから互いに睨《にら》み合った。陸破輿が不敵そうに口端を持ち上げる。

「まさか『七光天筆』目当ての客人がお越しとは、思いもよらねえよな？　こうなると、今日はどうでも決着をつけるしかない。そうだろ？」

「同感だ。相手になろう」

韓九秋が筆を置いて立ち上がる。口調こそ穏やかだが、瞳は林の虎狼《ころう》みたくぎらついていた。

「え、あ……あの、何を、されるんですか？」

戸惑う春燕をよそに、二人は壁にかけてあった剣を手に取った。そして大股で部屋を出ていく。

「ちょ、ちょっと待ってください！」

慌てて二人を追いかけると、屋敷の裏手に出た。飛び込んできた光景に、春燕は我が目を疑った。そこは林を切り倒した広い空き地、無数の岩紙が転がり、その多くに字や詩句がびっしり刻まれている。剣筆の稽古場であることは一目で知れた。

陸破興の高らかな声が飛んだ。

「青海長雲《せいかいちょううん》、雪山《せつざん》暗し——孤城、遙かに望む玉門関《ぎょくもんかん》！」

詩を吟《ぎん》じたかと思うと、剣を踊らせてたちまち岩紙に一句を刻み込む。

『垓下剣法《がいかけんぽう》』だ！

技の型を見て、春燕はすぐに気がついた。確かに自分やお嬢様と同門だ。けれど、その技の巧みさ、剣の動く速さ！　ただただ圧倒されてしまった。

陸破興へ応じるように、韓九秋が別の岩紙へ剣を振るう。

「晩《くれ》に向《なん》んとして——意適《こころかな》わず！」

火花が散り、砂煙が舞う。程なく、二つの岩紙には見事な剣詩が刻まれていた。

この二人は、本物の達人だ。春燕のさほど肥《こ》えていない目でもそれがわかる。以前見た雲三娘の字など、彼らの前では童《わらべ》の落書きに等しかった。

けれど、同じ剣法を用いているのに、二人の刻んだ字はまったく正反対の性質を持っていた。

陸破興の筆遣いは速く、力強く、正確だった。

一方の韓九秋は風雅そのもの、こちらは字の一つ一つに喜び、悲しみ、趣深《おもむき》い感情が浮かび、見る者の心へ訴えかけてくるかのよう。

剣筆には『快《かい》』『巧《こう》』『麗《れい》』『和《わ》』『志《し》』五つの要訣《ようけつ》がある。即《すなわ》ち、快は字を刻む速さ、巧は字の正確さ、麗は剣舞の美しさ、和は剣術や字体などの全体的な調和、志は剣舞を通した詩人の心の再現を表す。競技でも、この五つの要訣が勝敗の基準となっている。陸破興は『快』『巧』に優れ、韓九秋は『麗』『志』に長じている。どちらにも異なった良さがあり、甲乙つけ難かった。

陸破興が得意げに哄笑《こうしょう》する。

「九秋、腕が落ちたな！」

「貴様こそ！」

「だったら二句目だ！」

「よし！」

二人は手近な岩紙へ、再び字を刻み始めた。剣戟《けんげき》の音が絶え間なく周囲にこだまする。

春燕が止めようにも、割って入る隙が無い。あっという間に二句、三句……十、二十……尽きることなく詩を吟じ、字を書き散らし、互いに痛罵《つうば》しながら戦い続ける。

はや、日が暮れてしまった。

棒立ちする春燕の眼前には、疲労困憊《こんぱい》で地べたに座り込む二人の男がいた。汗だくになり、両肩を激しく上下させながら、陸破興が言った。

「おい、降参するか？」

「黙れ」

ようやく気力体力も尽きたようだ。春燕はじりじりと彼らに寄っていき、遠慮がちに声をかけた。

「あの、もうおやめになっては……日も沈んでしまいました」

陸破興と韓九秋は同時に空を見上げた。そして、ふーっと長い息を漏らした。陸破興が傍らの鞘《さや》を拾い、のろのろと剣を納めながら言う。

「お嬢さんの言う通りだな。飯にしよう」

「よかろう」韓九秋がゆっくりと立ち上がる。「今日は海鮮料理だったたか」

「おい、待てよ。遠路遙々《はるばる》客人がお越しなんだ。肉料理でもてなすべきだぜ」

「日替わりで海鮮と決まっている。変えるには及ばん」

「こういう時は肉料理が相場だろうが」

「黙って海鮮にしろ」

「肉！」

「海鮮だ」

　春燕が慌ててなだめた。

「あの、どちらも作るということじゃ駄目でしょうか……」

　卓一杯に皿が並ぶ。右側は海鮮、左側は肉料理だ。二人の男はそれぞれ厨房に立ち、思い思いにもてなしの料理を作ったのだった。春燕は真ん中の席へ、縮こまるように座っていた。陸破興が箸と皿を差し出して、にこやかに言った。

「今日は見苦しいところを見せてすまなかったな。さあ、存分に食べてくれ」

「は、はい。いただきます」

　幸い、食事は静かに進んだ。春燕は肉と海鮮を同じくらいの量だけ食べた。どちらも絶品だが、下手《へた》に褒めたりするとまた争いを招きそうな気がしたので、ずっと口をつぐんでいる。二人は、飲み物の好みまで正反対だった。陸破興は酒、韓九秋は茶しか飲まない。

食事の後で、韓九秋が切り出した。

「そもそもの経歴を話さねばな。先代の『七光天筆』こと、崔天明は生前、二人の弟子をとった。一人は済寧《さいねい》にいた私、もう一人が広州にいた陸破興だ。師匠が亡くなった知らせを聞き、我々は前後してこの荘に駆けつけた」

陸破興が頬杖をつきながら、ぶっきらぼうに続ける。

「ま、最初は驚いたね。俺達はお互いに、別の弟子がいたなんて聞いてなかったからな。当然、師匠の後釜《あとがま》をめぐって争いになるわけだ。だが、いくら競っても優劣がつかないんで、こんな状況になってんのさ。もうかれこれ、三年近くなるな」

春燕は差し出がましいと思いつつも、自分の意見を述べた。

「その……お二人とも同門なのですし、お互いに歩み寄ってはいかがでしょう？」

これには、韓九秋が答えた。

「出来ることならそうしている。だが、この男と私の技は、同門でありながら大きく違う。大方、師匠の教えの根本を理解せず、道を踏み外したのだろうが――」

「そりゃ、てめえの方だろうが！　さっさと認めりゃ、争いなんかしなくて済むのによ」

春燕は昼間の決闘を思い出した。二人とも剣術の型は同じだが、使い方は大きく違う。刻まれた詩句も、趣きはまるきり正反対だった。同じ師匠に学んだのだから、妙といえば妙だ。

二人は春燕の左右で、延々と言い争っている。彼女は膝《ひざ》の上で、密かに拳《こぶし》を握った。

崔天明様は亡くなったが、弟子達がこうして目の前にいる。腕前も確かだ。二人は継承争いの真っ最中で、人助けをする余裕などありそうにない。けれど、お嬢様の遺言を果たすのであれば、他に頼めるあては無かった。この機会を逃すわけにはいかない。

――どう話せば、お二人の助力を得られるだろう？

「さて、お嬢さん」

「え？」陸破興の呼びかけで、春燕は慌てて我に返った。「は、はい。何でしょう」

「今度はあんたの用件を聞こうか。どうして、『七光天筆』を訪ねてきたんだ？」

いきなり自分のことへ話題が飛んだので、春燕は狼狽《ろうばい》した。

「あのっ……ここへは、その……遺言で来たんです。七光天筆・崔天明様に、教えを請うようにと」

突然、韓九秋が顔を険しくした。

「そういうことか」彼は立ち上がり、顎《あご》で門の方を示した。「悪いが、お引き取り願おう」

「え……」

「誰の遺言かは知らないが、我が一門の技は、他人にたやすく伝授出来るものではない。

そのような来訪は、断じて断る」冷ややかな言葉に、陸破興が舌打ちした。

「おい、そりゃないだろ。話くらい聞いてやれよ」

「ふん。お前の愚鈍ぶりには頭が下がるぞ。この辺鄙《へんぴ》な屋敷を訪ねてくる手合いは二通りしかいない。道に迷った余所《よそ》者か、我が師匠の遺産を狙う盗人だ」

韓九秋から鋭い視線を向けられ、春燕は必死に首を振った。

「ち、違います。私……盗人なんかじゃ」

「つい半年前も、似たようなことがあったのだ。師匠に恩を受けたという若者が、この屋敷を訪ねてきた。最初は善人を装っていたが、三日としないうちに馬脚を露《あらわ》し、師匠の形見の剣や秘伝書を盗もうとした。幸い、私が気がついて叩き出したが。しかし、連中の手口は次第に巧妙になってくる。お前のような若い娘を利用したとしても、おかしくはない」

どうしよう。助けを求めるどころか、疑いを持たれてしまっている。教えを請うなんて言い方、すべきじゃなかった。そもそも自分は卑しい奴隷《どれい》の身分、旦那様の厚意がなければ、剣筆の技だって学べなかったのだ。まして斐家は剣筆の名門、韓九秋が言った通り、軽々しく他人に技を伝授しない。一介の侍女が、家伝の技を継ぐよう命じられたなんて話は、嘘だと思われるだろう。韓九秋の疑り深い様子を見ると、全てをありのまま打ち明ける勇気は無かった。

　何とかして、信じてもらわなくては。

その時、お嬢様とのやり取りが春燕の脳裏をよぎった。

——でも、お嬢様。私はただの侍女です。崔様は旦那様と同じくらい名を知られた達人、私のような身分の人間なんか、どうして相手にしてくれるんです？

——じゃあ、私の名前をあげる。あなたが斐天芯を名乗れば、きっと教えてくれるわ。いけない、そんな畏《おそ》れ多いこと。身震いして、浮かんだ考えを打ち消した。侍女風情がお嬢様の名前を騙《かた》るなんて、やってはいけない。

　陸破興が身を乗り出し、優しく促した。

「九秋の言うことなんか気にするなよ。常州で会った時、お前の人となりはちゃんと見てるんだ。どこが盗人なもんか」

「酒の飲み過ぎで、貴様の頭が腐っていなければな」

　韓九秋を一睨みしてから、陸破興が再度尋ねた。

「で、七光天筆の技を習えって遺言は、誰に言われたんだ？」

「それは、えっと……」

「待て」答えあぐねていると、韓九秋が部屋の隅で叫んだ。彼はいつの間にか、春燕の荷物にあった剣を手にしていた。お嬢様の形見の剣だ。「これは何だ?」

　春燕は跳ねるように椅子を立ち上がった。

「あのっ、それは――」

「もしやそなた、斐士誠殿の身内か?」

「斐士誠?」陸破興がいち早く反応する。「まさか師匠の弟弟子だった『先天筆《せんてんひつ》』こと斐士誠殿か?」

「ああ。私もお会いしたことは無いが、この剣を見て思い当たった。柄《つか》に『徐州《じょしゅう》斐家天芯』と銘《めい》が刻まれている」

　二人の男は、同時に春燕を見た。それから、陸破興が勢い込んで尋ねる。

「そうなのか? お嬢さんは、あの斐士誠殿のご息女だったのか?」

「わ、私は……」

　春燕の胸は激しく高鳴った。

　嘘をつくつもりだったわけではない。けれど、彼らに信じてもらいたいあまり、彼女の心はあらゆるためらいを、ほんの一瞬、無視してしまった。

　震える言葉が、漏れ出た。

「そうです。ひ……斐天芯といいます」

言った途端に、罪悪感が全身を突き刺し、彼女は目を伏せた。冷たい汗が噴き出し、足元ががくがく揺れる。

いけない。春燕は焦った。こんなびくついた態度じゃ疑われてしまう。もっと証拠を見せなくては。慌てて荷袋をひっくり返し、散らばった中身から垓下剣法の剣術書を取り出す。

「だん……ち、父から受け継いだ剣術書です。私は未熟で、全てを修得出来てはいないのですが」

韓九秋がそれを受け取り、ぱらぱらと中身をめくった。

「確かに、本物のようだ」

そう言って、陸破興に本を渡す。彼も軽く見ただけで、何の疑問も口にしなかった。春燕の心は、ようやく落ち着いた。

韓九秋が、先程よりも幾分か柔らかな口調で尋ねた。

「たった一人でここまで来たということは、斐先生の身に何か起こったのか？」

「ち、父は、亡くなったんです」

「何故？」

思い出すと、今でも胸が張り裂けそうになる。春燕は涙ぐんだ。

「表向きは、病死ということに。でも真実は、悪人の奸計《かんけい》にかかったんです！」

春燕は少しずつ、斐家の悲劇を語り始めた。いったん口を開くと、まるでお嬢様の魂《たましい》が乗り移ったかのように、言葉が溢れていった。

山東の斐家は三代に渡る剣筆の名門、斐士誠自身も『先天筆』の名で知られ、北方で十指に入るほどの達人だった。

七年前、斐旦那様は病で妻を亡くした。お嬢様が十歳の頃だ。剣筆稼業で家を空けることも多い旦那様にとって、家政を取り仕切る者がいなくなったのは大きな悩みだった。周囲からは後妻を娶《めと》るよう勧められたものの、奥様を深く愛していた旦那様は決して首を縦に振らない。

困り果てていた矢先、遠方に住む妹夫婦が協力を申し出た。夫の方は段玉鴻《だんぎょくこう》といい、世間でもそこそこ名の知られた剣筆家だった。妻は奥様の妹で沈《しん》二娘《にじょう》という。奥様が生きていた頃から、両家には大した交流も無かったが、旦那様は彼らを信用して家に招いた。

当初、段夫婦は誠実な態度で、まめまめしく働いた。細やかな気遣いを忘れず、お嬢様の面倒もよく見てくれる。一年もすると、旦那様はすっかり心を許し、気兼ねなく外出するようになった。時には徐州を遠く離れ、江南へ数カ月滞在することもあった。

段夫婦は、それを待ち構えていた。

助力を申し出たのは偽《いつわ》りで、最初から斐家の乗っ取りが目的だったからだ。

計画は、少しずつ実行にうつされた。最初は使用人達から。適当な口実を設けては、長年仕えていた者を次々に追い出し、段夫婦の息がかかった人間と入れ替えた。続いて、家の中のあらゆる権限を、徐々に自分達のもとへ集めていった。日用品の買い出し、倉庫や金庫の開け閉め、書類の保管や確認……いつしか、夫婦の許可無くしては何も出来ないようになっていた。

そして四年前の春――。旦那様は、旅先で病を得て戻った。

段夫婦からすれば、彼を葬《ほうむ》るまたとない機会だった。病気をうつさないようにという名目で、屋敷の離れの小屋へ閉じ込め、医者へ診せなければ食事も満足に与えない。企《たくら》みに気づいた旦那様は外へ助けを求めようとしたが、その頃には段夫婦が屋敷をほぼ掌握《しょうあく》しており、声が届くことは無かった。ただ一人そばに付き添っていたお嬢様の看病も空しく、旦那様は半年後に亡くなった。段夫婦はそのままお嬢様を小屋へ閉じこめ、奴隷のように扱い続けた。

段夫婦には娘が一人いた。名を素桂《そけい》、歳はお嬢様と変わらない。段玉鴻は、斐家の垓下剣法を娘へ仕込んだ。お嬢様に跡取りとしての立場を失わせるために。ついに耐えられなくなったお嬢様は半年前、僅かな路銀をかき集めると、旦那様が生前語ってくれた七光天筆・崔天明の名を頼りに、段夫婦のもとから逃げ出した。追っ手から逃れ、各地をさまよい、ようやくこの杭州にやってきたのだった……。

春燕は自分自身の存在を伏せ、そこまでを語り終えた。涙が溢れ続け、しきりに袖で目元を擦る。陸破興は唇を嚙《か》みしめ、それからおもむろに告げた。

「そうだったのか……。俺と九秋は、見ての通り半ば隠遁《いんとん》したような暮らしだから、世間の事情にも疎《うと》くてな。斐先生に起きたことも、まるきり知るよしが無かった。その、何と言っていいか……」

春燕は首を振った。

「いいんです。どのみち、知りようが無かったんです」

韓九秋が腕を組んだ。

「段玉鴻……か。聞いたことがある。数年前から、あの鉄墨会《てつぼくかい》に名を連ねている男だ。本人もなかなかの腕前だと聞いている」

「鉄墨会?」

眉をひそめた春燕に、陸破興が説明した。

「江南で有名な、悪名高い剣筆家達の連盟さ。剣筆を金儲《もう》けの道具にして、大層な権勢を誇ってる。そこに属してるのが本当なら、段玉鴻の悪党ぶりにも説明がつくな」

　春燕はうなだれた。

「もし……もし出来るなら、父の仇《かたき》を討ちたいんです。このままでは、長年受け継がれていた斐家の技は、段玉鴻とその娘に奪われてしまいます」

「仇を討つだと？　どうやって？」と韓九秋。

「訴訟を起こすことは考えてみました。でも、私には家もお金もありません。段玉鴻は役人に賄賂《わいろ》を贈って、きっと私の訴えそのものをもみ消すと思います」

「仮に我々が加わったとしても、裁判で勝つことは出来まい。段家に鉄墨会のような後ろ盾があるのだとしたら、使える金は無尽蔵だろう。加えて、私とこの陸破興は隠居の身。世間には名を知られていない。ゆえに、証人としても力不足だ」

「おいおい、そんな冷たい言い方は無いだろうが。同門の弟子なら、俺達にとっては身内も同然じゃないか。裁判がダメなら、何か他の手を考えりゃいい」

「あるのか？」

　鋭く突き返されて、陸破興は答えに窮した。

「それは……まあ、何か考えるさ」

「ならばそうしてやれ。私には関わりの無いことだ」

「おい！　何て態度だよ。見捨てるのか？」

「その娘は師匠を頼ってきたのだ。我々ではない。もとより、事態は相当に深刻だ。我ら二人に、何が出来る？」

陸破興は黙ってしまった。

自分の存在が迷惑なのだということは、はっきりわかった。お嬢様の名前を出さなかったら、とうに追い出されていただろう。

「仇討ちの手段なら、あります」春燕は、二人を交互に見やって続けた。「父は私に、九カ月後に開かれる金陵大会へ出るよう言い残したんです」

金陵大会――。五年に一度、副都の南京《なんきん》で開催される、大々的な剣筆の大会だ。金陵大会は若手剣筆家の登竜門として知られ、各地から多くの参加者が集まってくる。

世の剣筆家は、有名な剣筆家に弟子入りするか、門派に所属して腕を磨く。短くて三年、長ければ十年ほどで壇師《だんし》（一人前の剣筆家）となり、独り立ちして稼げるようになる。金陵大会で優勝すれば、即座に壇師としての声望を得られるばかりか、剣筆家の最高峰とされる梨園《りえん》（宮廷剣筆家）への試験資格も得られるのだ。

陸破興が尋ねた。

「その大会に出ることが、どうして仇討ちになるんだ？」

春燕は、彼が手にしている秘伝書をめくり、最後の頁《ページ》を開いた。そこには走り書きで

「杭州に兄弟弟子の崔天明がいる。私に何かあれば彼を訪ね、剣筆の修練に励むこと。そして金陵大会の本戦に参加し、木牛五《もくぎゆうご》に会って『虞姫翻袖《ぐきほんしゆう》』の型を披露せよ。その方の力を借りれば、きっと段家の悪事を暴くことが出来る」とあった。

韓九秋がまじまじと走り書きを見つめた。

「木牛五……？　斐先生のご友人か？」

「私も詳しくは知らないんです。崔天明様のお知り合いでは？」

「いや、聞いたことがない。有名な剣筆家なら、耳にしていてもおかしくないはずだが」

韓九秋が陸破輿へ目をやると、こちらもわからないといった風に肩をすくめる。韓九秋は秘伝書をぱらぱらめくり、ふと言った。

「この秘伝書は見たところ複製だな。原本はどうしたのだ？」

「原本は、段夫妻に奪われてしまいました。私が技を学べるよう、父がこの複製を渡してくれたんです」

「おい、まだ何か疑うことでもあるのか？」

陸破輿が突っかかると、韓九秋は顔をしかめた。

「中身は本物の垓下剣法だ。間違いない。私が抱いた疑念は、もっと別のことだ」

「で、そりゃ何だ？」

「お前に言う必要は無い」

陸破興が舌打ちする。春燕は二人を交互に見やり、言った。

「お二方は七光天筆・崔天明様の直弟子なのでしょう？　腕前も相当なものだとお見受けしました。それなら、どうか同門のよしみで、私に剣筆の技を教えてはいただけないでしょうか。段親子も必ず大会に出るはずです。もし勝ち残りでもしたら、あの人達が斐家の正統な後継者だと世間へ知らしめることになってしまいます。そうなれば、もう斐家の無念は晴らせません。金陵大会で戦うことが、私に残されたただ一つの手段なんです。どうか力をお貸しください。お願いいたします！」

春燕はその場へ膝をつき、何度も叩頭《こうとう》した。陸破興が慌ててそれを押し留め、韓九秋を振り向く。

「どうする？」

「何がだ」

「他ならぬ同門の弟子だ。引き受けずに済ませるのは――」

「教えることは出来ない」韓九秋がぴしゃりと告げた。「私にもお前にも、そんな資格は無い。わかっているはずだぞ」

「どちらが『七光天筆』を受け継ぐか、決着をつけるまではってことか？」

「そうだ。それまで、我々は剣筆家として世間に身を出さぬと誓った。弟子をとって教えるなど断じて許されはしない」

「お前……！」

「ならば、誓いを破る度胸があるか？」

陸破興は押し黙った。

春燕の希望は急激にしぼんでいった。お嬢様の名前まで借りたのに、助けは得られそうにない。二人にとっては、七光天筆の座を争うことが第一なのだ。

陸破興が嘆息し、春燕の肩を叩いた。

「ひとまず、今夜は休むといい。お前の頼みについては、また明日話そう。屋敷の西側に空き部屋があるから、ここに留まる間は、そこを使ってくれ」

春燕は大人しく頷いた。

陸破興の話した部屋は、綺麗に掃除されていた。家具も机や椅子、寝床の他に化粧台まであった。まるで女性が住んでいたかのようだ。春燕は急に疲れを覚えて、寝床に倒れ込んだ。着替えもせずに、そのまま眠りにつく。

これから、どうなるんだろう。

春燕は、遠く常州の地で眠るお嬢様のことを思った。細い涙が頬をつたい落ちる。

お嬢様。嘘をついてごめんなさい。私、あの人達に信じてもらえる自信が無かったんです。ただの侍女で、生まれも育ちも卑しいから。仕事だって、全然出来なかった。何をするにもとろくて、炊事や洗濯のような簡単な雑用でも、先輩の侍女達にいつも怒られてました。

お嬢様は、覚えていらっしゃいますか？　七年前、仕事で酷い失敗をした私は、折檻《せっかん》を恐れてお屋敷をさまようち、お嬢様の稽古場へたどり着きました。今でもはっきり目に浮かびます。お嬢様が優雅に剣を舞わせて、岩紙に字をつづる姿が。私は夢の中へ迷い込んだように、見とれていました。

一連の技を終えると、お嬢様は私に気がついて、声をかけてくれました。

──何を見てるの。もしかして、興味があるの？

私はちょっと頷きました。

──あなたの名前は？

私が答えると、お嬢様はその場で字を二つ、地面に書いてくれました。『春』と『燕』の字でした。あなたの名前よ、わかる？　私は首を横に振りました。するとお嬢様は剣を渡して、書いてみるように言いました。

咄嗟のことで、私は驚いてしまいました。剣どころか、洗濯物の竿《さお》だってきちんと持てないのに。でも、他ならぬ主人の命令です。わからないなりに、手を震わせながら、刃の先で土を削っていきました。

お嬢様は両手を腰の後ろで組み、首を伸ばして私が字を書く様を眺めていました。私はずっとびくびくしていました。変な字を書いて、お嬢様の気を悪くしたらどうしよう。もしちゃんと書けたとしても、後で先輩侍女達の笑い物になるかもしれない……。不安と緊張に包まれながら、ようやく二つの字を書ききりました。

すると、お嬢様が言ったのです。

──あら、上手じゃない。

多分お嬢様にとっては、軽い気持ちでの一言だったのかもしれません。でもその時、私の胸はどれほど一杯になったことでしょう。だって私、誰かに褒められたことなんて、それまで一度も無かったんです……。

その日から、私は剣筆に夢中になりました。忙しい仕事の隙間を見つけては、枝を手に、地面へ自分の名前を書き続けました。何度も何度も……。最初は、それしか字を知らなかったから。寝ても覚めても、頭に浮かぶのは剣筆ばかり。剣筆だけが、私を認めてくれた。そんな気がしていたのです。もっと上手《うま》い字を刻みたくて、こっそりお嬢様の稽古を盗み見たり、わかりもしないのに本をめくったりしていました。

そんなある日のことです。旦那様が、裏庭で字を刻んでいる私を見つけたのは。

――おや、お前どこで剣筆を習ったんだね？

ごまかすわけにもいかず、お嬢様に教えていただきました、と恐る恐る打ち明けました。するとと旦那様は怒るどころか、すっかり喜んだ様子で言いました。

――なんと、わしの娘が先生とは。面白いことがあったものだ。実は以前から、あの子の練習相手が欲しくてな。お前がよかったら、一緒に剣筆をやらんかね。

それは、生涯で一番の、まぶしすぎる喜びでした。以来、私はお嬢様つきの侍女になり、お世話を務めながら剣筆を学ぶようになりました。

剣を振るい、詩を口ずさみ、字を刻む。私の世界は、どんどん広がっていきました。本を読んで、数え切れないくらいの字を覚えました。詩や小説、史書や経書、古いものから新しいもの、短いものから長いもの、ありふれたものから珍しいもの、色んな本に触れる度、新しい世界が待っていました。喜び、悲しみ、哀れみ、怒り……広大な言葉の海を泳ぎ、それを剣でつづる幸せ。剣筆は、私の全てでした。

剣筆に出会えたのは、旦那様とお嬢様のおかげ。だから生涯をかけて、恩を返すと誓ったのです。

それなのに……それなのに。

段玉鴻夫婦と娘の段素桂が、何もかもを奪ってしまった。あの人達だけは、絶対に許せない。

私は、何とか杭州にたどり着くことが出来ました。崔天明様はいらっしゃらなかったし、お弟子達の協力だって得られないかもしれません。正直に全てを話さなかったせいで、すぐにお嬢様の棺《ひつぎ》を迎えに行けなくなってしまいました。でも、いつか必ず戻ります。斐家の無念だって晴らしてみせます。

どうか、私のことを見守り、お助けください……。


明け方。早くに寝床を下りた春燕は、洗顔と着替えを済ませると、屋敷裏の稽古場へ足を運んだ。無数の岩紙に刻まれた詩句が、陽光を浴びて輝いている。

しばしの間、陸破興と韓九秋の激闘に思いを馳《は》せた。昨日の二人の決闘は、本当に素晴らしかった。自分もいつか、あんな風に剣筆が出来たら。

気持ちが高ぶる。携《たずさ》えていた彫書剣を抜き放ち、春燕は型稽古を始めた。

「白門《はくもん》の柳花《りゅうか》、満店香《まんてんかんば》し……」

詩を緩やかに吟じながら、剣をのびのびと踊らせる。唐の李白《りはく》が作った七言古詩《しちごんこし》『金陵酒肆留別《しゅしりゅうべつ》』だ。

「呉姫《ごき》、酒を圧し、客《かく》を喚《よ》びて……」

「朝っぱらから、ご熱心だな」

振り向くと、陸破興が腕を後ろに組んで立っている。いつの間に来ていたのだろう。未熟な技を見られたと思い、春燕は恥ずかしくなったが、剣を逆手に持ち替え、一礼した。

「あの、おはようございます」

陸破興は軽く頷くと、大きく伸びをした。ふらふらした足取りで手近な岩紙に歩み寄り、自分の剣を引き抜く。

「白門の柳花、満店香し、呉姫、酒を圧し、客を喚びて……」

刻み始めたのは、春燕と同じ『金陵酒肆留別』。剣は稲妻のごとき速さで石の上を滑り、瞬く間に一句書き上げてしまう。詩を眺めながら、彼はいきなり大声で話し始めた。

「この古詩は、金陵の酒席で惜別《せきべつ》の情を詠んだもの。即ち、酒宴の賑やかさ。別れの悲しみ。これを剣で刻む。剣舞は華やかさの中に離別の情を込め、字には勢いを心がけよ。書体は隷書《れいしょ》が望ましい」

「あの、それは……」

ぽかんとする春燕へ、陸破興がにやりと笑う。

「おっと、独り言が出ちまったか。稽古中の、悪い癖だ。お前にその気があるなら、まあ腹の中にでもおさめておけよ。こういうやり方は、指導の内に入らないからな」

なるほど。春燕も理解した。陸破興の稽古を参考に学ぶだけなら、技を教えてもらうことにはならない。これなら、彼は自分の誓いを破らずに済むし、春燕は指導を受けられる！

嬉《うれ》しさがこみ上げて、思わず頭を下げた。

「あ、ありがとうございます！」

「礼なんかいらねえよ。俺は何にもしてないからな」陸破興は手を振って、近くの石饅頭に腰掛けた。「せっかく稽古場に来たんだ。石に刻んでみろよ」

「はい」

手近な岩紙へ向き合う。先ほど彼が述べた『独り言』を、頭の中で反芻《はんすう》し、勢いよく剣を突き出した。詩を吟じ、身を踊らせ『金陵酒肆留別』を刻んでいく。

剣筆の要訣は、単に字を丁寧に刻むだけではない。全ての詩には、作者の深い創意が込められている。要訣の『志』にある通り、剣を用いて、いかにそれを表現するかが、剣筆家としての腕の見せ所だ。詩の吟じ方や、剣の振るい方、字体の選択にも気を遣わなければならない。

春燕が書き終わると、陸破興はにこやかに頷いた。

「さっきよりずっとよくなった。字の掘りは浅いし、含蓄《がんちく》も足りないが、素地はしっかりしてる。流石《さすが》に名門の息女だな」

どきりとした。身分を偽っている罪悪感と、技を褒められた喜びを、同時に感じた。

陸破興が腰を上げた。

「よし。久々に剣法の基礎でもおさらいしてみるかな」

身を翻《ひるがえ》して、垓下剣法を使い出す。無論、春燕のために手本を見せてくれているのだ。

彼の意図を汲《く》み、じっとその剣舞を観察する。

春燕は十歳の頃から、剣筆を学び始めた。最初の数年は旦那様が直々に指導してくれたが、病に倒れてからはそれもかなわなくなり、その後はお嬢様と一緒に稽古をした。しかし、修行ははかどらなかった。剣法の秘伝書があっても、教師を欠いて完全な技を身につけるのは難しい。お嬢様の腕は春燕よりも上だったものの、やはり修行中の身だったので、その指導にはいくつも穴があった。

今、陸破興の優れた技を見て、春燕の剣法への理解は進んだ。これまで秘伝書を読むだけではわからなかった技も、はっきりわかる。

垓下剣法の名は、今よりずっと昔、楚《そ》の項羽《こうう》と漢の劉邦《りゆうほう》が天下を争った垓下の戦いに由来している。剣術の要訣は『抜山蓋世《ばつざんがいせい》（山をも動かし、この世を覆《おお》いつくすほどの気迫）』とされ、雄大で見る者を圧倒させる動きが特徴だ。『抜山蓋世』の語も、項羽が劉邦との戦《いくさ》に大敗した時、愛人であった虞姫《ぐき》に送った詩がもとになっている。

小半刻ほどで、陸破興は垓下剣法の基礎的な技を一通り演じ終えた。色んな発見を忘れてはまずい。春燕は頭の中で陸破興の動きを繰り返し、それから実際に剣を振るってみた。最初は思い通りにいかなかったが、段々と動きが冴え渡り、陸破興の剣法に型が近づいていく。

「そのくらいにしておけよ。熱心なのはいいが、ぶっ倒れちまうぞ。飯にしよう」

夢中になっていたところへ、ふと声をかけられた。顔を上げると、陽が中天に差し掛かっている。あっという間に時間が過ぎてしまった。

二人は屋敷へ戻り、昼食をとった。春燕は食事の間もずっと、午前の稽古のことばかり考えていた。

「稽古の前に見せたいものがある。ちょっと来いよ」

春燕が言われるままについていくと、屋敷の東側にある書斎に案内された。入るなり、彼女は仰天した。室内にはぎっしりと本棚が並び、遙か昔から最近のものまで、大量の書物が揃っている。

「これから毎日、一刻は素読に励むようにしろ。必要な本はここの蔵書で足りるはずだ」

一流の剣筆家は、剣術だけではなく文に深く通じる必要がある。隷書・楷書《かいしょ》・草書・行書といった書体の使い分け、四書五経をはじめとした各種の書物の読み込み、古今東西あらゆる詩人の詩やその形式を知識として持っておかなければならない。また詩を刻むにあたっては、詩の題意を理解し、それに沿った字を書いていくことが要求される。戦を題にした詩ならば勇壮な筆致を心がけ、別離を唄《うた》った詩ならば情緒溢れる字を書く。そのためにも、常日頃から沢山の書物に触れておくのだ。

春燕ももちろん、そのあたりの道理は理解していた。斐家にも立派な書斎があったが、段玉鴻が家を我が物にしてからは、そこへ近づくことも禁止されてしまった。

大量の書物を目にして、春燕は興味をかき立てられた。早速、手近な棚に手を伸ばして本をめくり出す。

陸破興は春燕の邪魔にならないよう、そっと書斎から出て行った。


「どういうつもりだ?」

夜半、居間で独酌《どくしゃく》していた陸破興のもとに、韓九秋が喧嘩《けんか》腰で現れた。無論、相手の言いたいことは百も承知だ。親指と人差し指でつまんだ杯を軽く揺らしつつ、陸破興はとぼけた調子で言った。

「どうって？　俺はあの娘と師弟になったわけじゃないし、直接教えてもいない。だから、誓いを破ったことにはならないぜ」

「貴様の頓知《とんち》を聞きに来たのではない」

「こっちもあんたの御託は聞きたかないな。俺はあいつを気に入ったんだ。いい奴だぜ。街で貧乏な女の子に無償で字を書いてやろうとしたんだ。それに同門の弟子で、剣筆の才能もある。助けるだけの理由はあるさ」

　韓九秋は冷笑した。

「助けるだと？　お前の、あの半端なやり方でか？」

「何だと？」

「気がつかなかったのなら教えてやる。昼間の馬鹿げたやり方で会得出来るほど、我らの剣法は生やさしいものではない」

　韓九秋の指摘は、陸破興の痛いところを衝いた。言い返す間もなく、さらに畳《たた》みかける。

「本当にあの娘の助けになりたいのであれば、堂々と誓いを破り、直接技を教えたはずだ。今のままでは独学に毛が生えたようなもの、いずれはどこかで行き詰まる。剣法を完璧に修得出来はしない。所詮《しょせん》、お前のやっていることは見せかけの思いやり、ただの偽善に過ぎん」

陸破興が、杯を卓へ叩きつけた。

「黙れ！　だったらあんたはどうなんだ。同門に対する思いやりを、少しでも見せたか？　そればかりか、最初はあいつを盗人呼ばわりしたよな、え？」

韓九秋は鼻を鳴らしてあしらったが、陸破興の言葉を否定は出来なかった。

二人は、しばし睨み合っていた。

陸破興が先に沈黙を破る。

「俺のやり方が偽善だっていうなら、それもいいさ。剣をとれよ。今日こそ決着をつけてやる。俺が勝てば、堂々とあいつに教えてやれる。どうだ、やる気はあるか！」

韓九秋の瞳に闘志が宿った。

「いいだろう！」

二人は大股で部屋を出て行った。

翌朝、陸破興と韓九秋が朝食の席に姿を見せないので、何があったのかと春燕は気をもんだ。屋敷を探し回ってみれば、二人とも庭の稽古場で大の字になって倒れている。彼女は慌てて厨房に向かった。湯をわかし、気付け薬を煎じて飲ませると、彼らはしばらくして意識を取り戻した。

「お二方、どうなさったんですか？」

どちらもむっつり黙り込んで、顔を合わせようとしない。疲れ切った様子からして、どうやら一晩中剣筆の決闘をしていたらしい。

三人は遅めの朝食をとった。春燕を挟み、二人の男は黙々と飯を口に運ぶ。空気が重く、いたたまれなかった。

食事を終えるなり、陸破興と韓九秋は自分の部屋へさっさと引き上げてしまった。疲れているだろうし、ぐっすり休ませるべきだろう。春燕は一人で稽古場に行き、剣法を修練した。やがて昼になったが、男達が姿を見せないので、仕方なく一人だけで食事を済ませる。午後は陸破興の言いつけ通り、書斎に行って本を読んだ。基礎をやり直すべく『詩《し》経《きょう》』や『楚辞《そじ》』から手をつける。どちらも中国最古の詩編、剣筆家のみならず、学問を志《こころざ》す者達には必読の書だ。

夢中で読みふけっていると、あっという間に夜が来た。

いったん部屋へ戻って、数少ない荷物の整理をする。そして、あることに気がついた。

お嬢様の手鏡が、無い。慌てて荷袋をひっくり返し、幾度も揺さぶってみた。何も落ちてこない。

どうしよう……。焦ると同時に、自分のだらしなさを呪った。お嬢様が亡くなった今、彼女の持ち物は何であれ宝物に等しい。それをあっさり失くすなんて。

この馬鹿！　役立たず！　あれにはお嬢様の最後の言葉が刻んであったのに！

ひとしきり自分を罵ってから、必死に記憶をたどる。どこかで落としてしまったんだろうか。初めて『脂薇荘』に来た日は、確かにきちんと持っていたはずだ。

そういえば、陸破興と韓九秋へ秘伝書を見せた時、慌てふためきながら荷袋をひっくり返した気がする。あの拍子に落としたのかもしれない。考えるほど確信が深まり、すぐさま居間へと向かった。

灯りがついていた。韓九秋が物憂《ものう》げな顔で卓に座り、茶を飲んでいる。春燕が入ってくるのを見るや、視線をちらりと投げ、それから顔を背けた。

春燕は彼の姿を見て萎縮《いしゅく》した。

私が陸様に——直接的ではないにせよ——指導を受けているって、ご存じなんだろうか。もともと、あまり快《こころよ》くは思われていないようだし、気まずい。少なくとも、物を探し回れるような空気ではない。

ここは引き下がろう。諦めて立ち去りかけると、いきなり呼び止められた。

「待ってくれ」

ぎくりとしながら、春燕は振り向いた。

「は、はい」

「昨日の昼間、そなたの剣法を隠れて見せてもらった。正真正銘《しょうしんしょうめい》、同門の技だ。盗人と呼んだことを謝りたい。あれは、間違いだった」

言いながら、立ち上がって深く頭を下げる。思いがけぬ言葉に、春燕は慌てた。

「いえ、そんな……私の伝え方がいけなかったんです。突然やってきた人間が、一門の秘伝を教えてくれと言ったり、同門の身内を名乗ったり……。疑わしく思うのなんて当たり前です」

春燕の言葉は、彼女自身の心を冷たく突き刺した。

――ふん、あなたはこの先だって、韓様を騙《だま》し続けるつもりじゃない。卑しい身分の人間が、お嬢様の名を騙ってるんだから。

罪悪感で、背中が汗ばむ。この場で真実を打ち明けられたらどんなにいいか。でも、駄目だ。嘘を糾弾《きゅうだん》され、追い出されてしまったら、全てが水の泡になる。とにかく、今はここに留まって技を磨かなくては。そして、いつかきちんとした機会を見つけて、真実を話そう。春燕は自分に言い聞かせた。

韓九秋は嘆息した。

「私とあの男は、どちらが師の継承者になるか決着するまで、世間に剣筆家として顔を出さぬと誓った。ゆえに、お前の師にはなれないし、教えることも出来ない」

「わかります」

「だが、ここには修行に必要なものが備わっている。それを使うのは咎めない」

「十分です。屋敷に置いていただけるだけでも有り難いのに」

「うむ」韓九秋はゆっくり立ち上がった。「来い。見せたいものがある」

何だろう。不安に思いながらも、大人しく彼の後に従う。連れてこられたのは、狭い部屋だった。家具らしいものは卓と座布団しかない。

しかし、その周りには剣を手入れする砥石《といし》や油、字を練習する文房具が、綺麗に整頓《せいとん》されて棚に納められていた。他にも、花や生き物を描いた画集、各地の地図、古くから最近までの字典などが揃っていた。詩を深く理解するには、そこに読まれた土地や花などの知識も欠かせない。ここには、それらを補う書物が揃っていた。陸破興に案内された書斎には無かったものばかりだ。

「私専用の書斎だ」韓九秋は淡々《たんたん》と告げた。「好きに使うがいい」

思いがけぬ厚意に、春燕は目をしばたたいた。

「本当に……よろしいのですか？」

「お前は同門の弟子、遠慮は無用だ」

韓九秋は言い捨てるなり、行ってしまった。

春燕はその背に向かって、深々と頭を下げた。

二、過去と正義と偽りと

はや、数週間が過ぎた。

脂薇荘《しびそう》へ来てすっかり環境も整い、春燕《しゅんえん》は稽古《けいこ》に集中することが出来た。午前は剣術、午後は書物の素読。夜は韓九秋《かんきゅうしゅう》が貸してくれた書斎で字の練習や、彫書剣《ちょうしょけん》の手入れをする。

陸破興《りくはこう》と韓九秋の厚意に報《むく》いるべく、日頃は料理や洗濯、掃除などを積極的に手伝った。もともと侍女としてお屋敷に仕えていたから、これくらいは何でもない。ただ、お屋敷にいた頃と同じで、どれも要領よくこなせてはいなかったけれど。

二人の男は徹底的に仲が悪く、食器や手拭き、果ては洗濯の桶《おけ》に至るまで、別々の物を使っている。

それに気がつかなかった春燕は、ある日、決定的な間違いをしてしまった。朝食時、厨《ちゅう》房《ぼう》で陸破興が怒声をあげた。

「おい、皿が魚臭《くさ》いぞ！　九秋、てめえ勝手に俺のを使いやがったな！」

「馬鹿《ばか》を言うな。肉脂《あぶら》でべとついた皿に、私が魚を盛るものか」

些細《ささい》なことにも拘《かか》わらず、二人はぎゃあぎゃあ争って譲ろうとしない。春燕はおずおずと進み出て切り出した。

「あ、あの、すみません……昨日、韓様が魚の煮つけを作ってくださった時、私がそのお皿に盛りました。気がつかなくて……」

二人の男は言葉を失い、揃《そろ》って春燕を見た。気まずい沈黙の後、陸破興が再び口火を切った。

「つまり、こういうことだろ。料理を盛る時、あんたが天芯《てんしん》へ説明するべきだったんだ。でなきゃ間違いも起きなかったろうが！」

「気がつかなかったのはお互い様だ。貴様にあれこれ言われる筋合いは無い」

悪いのは私なのに……。どちらも、あくまで相手へ責任を擦《なす》りつけようとする。結局、言い争いはまたしても剣筆《けんひつ》の決闘に発展し、彼らは裏庭で技を競った。春燕は何度か止めに入ったが、まるで聞いてもらえないので早々に諦《あきら》めた。決闘する二人を後目《しりめ》に、一人で稽古に励む。男達が力尽きたのは、夕方近くだった。

こんなことでしょっちゅう喧嘩《けんか》されてはたまらない。以来、春燕もいちいち気を遣い、二人の洗濯物を分けて洗ったり、食器を間違えないよう整理していた。

ある晴天の日、春燕が物干し竿《ざお》に布団を干していると、瓢簞《ひょうたん》を手にした陸破輿が通りかかった。彼は不思議そうに尋《たず》ねた。

「お前、良家のお嬢様だったんだろ？　それにしちゃ、随分《ずいぶん》家事が出来るんだな」

春燕はぎくりとしたが、咄嗟《とっさ》に言い繕《つくろ》った。

「その、だん……父が亡くなって、段玉鴻《だんぎょくこう》に家を乗っ取られてからは、身の回りのことを、何から何まで自分でやらないといけなくなったので」

これはまるきり嘘《うそ》というわけでもなかった。意地の悪い段玉鴻夫婦は、時々こなしきれないほどの仕事を春燕に押しつけたりした。当然、お嬢様のお世話どころではなくなる。そうなるとお嬢様は、やむなく自分で料理や洗濯をするようになった。綺麗《きれい》だった主人の手が、不慣れな家事でぼろぼろになるのを見て、春燕は酷《ひど》く辛《つら》い思いがしたものだ。

段夫婦は、お嬢様の部屋も、持ち物も、何から何まで娘の段素桂《そけい》へ与えてしまった。段素桂というのがまた意地の悪い人で、些細な理由をこしらえては、徹底的にお嬢様と春燕を虐《いじ》めてきた。靴を肥溜《こえだ》めに捨てたり、着物を破いたりするのはまだいい方で、酷い時は下男に命じて嫌というほど暴力を振るわせた。今でも、体のあちこちに傷が残っている。

春燕は俯《うつむ》き、物干し竿をきつく握り締めた。

陸破輿が、暗い面持《おもも》ちになった。

「そういうことか。随分苦労をしたんだな」彼は少し間をおいてから切り出した。「ちょっと街へ買い出しに行くんだが、一緒に来ないか。毎日屋敷にこもって稽古してたんじゃ、気が塞ぐだろ」

「とんでもありません。とてもよくしていただいてるのに」

「そうか。まあ、どのみち人手がいると助かるんだ。生憎《あいにく》、他に頼める奴もいないしな」

彼は屋敷の方をちらっと見ながら、顔をしかめてみせた。春燕も思わず笑みを漏らす。陸破興と韓九秋、心底嫌いあっている二人だが、その関係にはどことなくおかしさが漂うのだった。

「わかりました。そういうことなら、ご一緒します」


春燕は陸破興に連れられて、杭州《こうしゅう》城内の市場に向かった。月に数回、各地から商人がやってきて市を開くのだ。

杭州は北方から流れる大運河の終着点であり、遙《はる》か唐《とう》代から豊かな都市として発展してきた。宋《そう》の時代には臨安府《りんあんふ》の名で、皇帝の住む都になったこともある。明《みん》代でもその繁栄は衰《おとろ》えていない。とりわけ、手工業にかけては江南《こうなん》でも随一だ。

陸破興は食材や書物を大量に買い込んだ。それから、春燕のために新しい着物、靴、それに髪飾りや化粧品まで一式買い揃えてくれた。裕福なお屋敷に仕える使用人でも、新しい服を買ってもらえるのは端午節《たんごせつ》や清明節《せいめいせつ》といったお祝いの時くらいだ。化粧品や装飾品に至っては主人のお下がりが殆《ほとん》どで、新品を手にする機会は全くない。恐れ多くて何度も断ったが、ついに押し切られてしまった。

一体、どこからこれだけのお金を得ているのだろう。春燕の疑問は、ほどなく解けた。陸破興は匿名《とくめい》で水墨画《すいぼくが》を販売しており、これが商人や文人達の間で、非常に高く売れるのだった。この日もいくつか作品を携《たずさ》えており、知り合いの商人に買い取ってもらっていた。

「屋敷に住んで以来、剣筆の技を人前で使うことを禁じてたから、食い扶持《ぶち》を稼ぐために身につけたのさ。自分でも驚いたが、割と才能があったみたいでな」

ゆうに二十両近い銀を懐《ふところ》へ入れながら、陸破興はそう言った。

「俺達、最初の出会いは常州《じょうしゅう》だったろう。あそこには天寧寺《てんねいじ》がある。その画が描きたくて、わざわざ足を運んだんだ」

「そうだったんですか」春燕は、遠慮がちに尋ねた。「あの……韓様も剣筆以外の生業《なりわい》で稼いでいらっしゃるんですか」

陸破興は舌打ちした。

「あいつに出来るのは、草鞋《わらじ》とか傘とか箒《ほうき》とか、貧乏くさい代物《しろもの》を作ることばかりさ。ま、出来がいいんでそこそこ稼いではいるみたいだけどな」

二人は酒楼《しゆろう》で軽く腹ごしらえをして、また城内を回り歩いた。

ふと、どこからか声が響いてきた。

「皆様どうぞご覧あれ。我が杭州『衝天剣門《しょうてんけんもん》』の高弟達が、これより剣筆の絶技を披露いたしまする！」

見れば広場の中心に、大きな壇《だん》が作られていた。左右には達筆な字で『衝天剣門』と書かれた旗が立つ。壇上には綺麗に磨かれた五つの岩紙《がんし》が置かれていた。剣筆の大道芸が始まると知って、周囲の人々が見る間に集まり出す。

拍手と共に、若い男が五人、壇へ上がってきた。その途端、かん高い嬌声《きようせい》が響き渡る。五人の若者――歳《とし》は、春燕とさほど差は無さそうだった――は、みな一流の舞台役者のように美しい顔立ちだった。

春燕は彼らの身なりをよく見るうちに、ぎょっとした。緋《ひ》色の着物、腰に提《さ》げた金の玉環。以前、崔天明《さいてんめい》のことを尋ねた時に、彼女を笑った青年と同じ格好だった。

陸破輿が、口端を不愉快そうに曲げた。

「ふん。誰かと思えば……」

「あの人達、有名なんですか?」

「杭州で一番威勢のいい『衝天剣門』の連中さ」

陸破輿の様子を別にしても、先日の一件のせいでいい印象はない。とはいえ、その技量のほどは気になる。陸破輿も、春燕の気持ちを察したように言った。

「見ていくか?」

春燕は頷《うなず》いた。

若者のうち、最も右側にいた一人が朗々《ろうろう》と名乗った。

「私は衝天剣門・柳孤鶴《りゅうこかく》先生の一番弟子で、宋華卿《そうかきょう》と申します。これより、お集まりの皆様方のため、一句刻ませていただきましょう」彼は群衆へにこやかに微笑《ほほえ》み、優雅な動作で剣を引き抜いた。「まずご覧にいれますは、盛唐の名詩人・裴迪《はいてき》の『鹿柴《ろくさい》』!」

岩紙を振り向きざま、袈裟《けさ》懸《が》けに剣を振るう。

「日夕《にっせき》、寒山を見る! 便《すなわ》ち、独往《どくおう》の客《かく》と為る!」

太刀《たち》筋は男らしく力強い。刃《やいば》は紙を裂くように、やすやすと石の上を滑っていった。技も見事だが、眉目秀麗《びもくしゅうれい》な青年が剣を手に舞う様は、それだけでも見応《みごた》えがある。

あっという間に、一句書き上げた。

群衆が、揃って拍手を送る。春燕も思わず手を叩きそうになったが、ちらっと横目に見れば、陸破興の表情がすっかり険しくなっている。彼女は慌てて両手を下ろした。

――そんなに悪い剣舞ではなかったけれど、陸様は何が気に入らないのかしら。

春燕は宋華卿の書き上げた詩句を、もう一度見た。すると、何か違和感のようなものが脳裏を掠《かす》めた。何だろう、この感じ……。

壇上では、残りの弟子が宋華卿と同じように名乗り出て、それぞれ技を披露していく。春燕はそちらに目を向けた。演舞が二人目、三人目……そして四人目に至った時、はっと気がついた。

この人達、技は見事だけれど、詩句の内容と字の雰囲気がまるで一致していない。

宋華卿の書いた『鹿柴』は自然の美しさを詠《よ》んでいるのに、彼の字は軍隊が行進するかのように大仰だ。次の弟子は張継《ちょうけい》の『楓橋夜泊《ふうきょうやはく》』を書いたが、これも旅の愁《うれ》いが主題なのに、字はやはり勇壮で荒々しい。全体の調和をはかる『和《わ》』の要訣《ようけつ》がちっとも守られていなかった。それに『志《し》』の要訣もだ。確かに見栄えはいいけれど、詩人達が作品に込めた心をないがしろにしている。衝天剣門は立派そうな門派なのに、詩と字の趣《おもむ》きを一致させるということがわかっていないのだろうか。

いや、そんなはずはない。だとすれば、真実は明らかだった。この人達は、わざとやっているのだ。

そもそも、庶民の大半は字を知らないし、詩についても詳しくはない。だから、彼らの剣筆に対する興味はもっぱら剣舞の美しさとか、見た目のよさ、演出の派手さといったものに集中する。衝天剣門の弟子達が皆、眉目秀麗で着飾った若者ばかりなのも、大衆の関心を引き寄せるためなのかもしれない。

考えるほどに、沸々《ふつふつ》と怒りが湧いてきた。衝天剣門にとって、剣筆とは商売道具でしかないのだ。詩人とその作品に対する敬意が、少しも感じられない。ただただ大衆受けのいい芸をやって、人気を集めているだけなのだ。

全員の剣舞が終わると、群衆は改めて大きな拍手を送った。壇上で頭を下げる弟子達に、次々と小銭が投げ与えられる。やがて、彼らの兄弟子らしき年輩の男が現れた。

「お集まりの方々、是非《ぜひ》この機会に、我が衝天剣門の弟子達の字をお求めくだされ。銀一両にて、お好きな詩句なり字なりを刻ませていただきましょう」

その言葉と共に、人々は壇上へ殺到した。よく見ると女性が多い。あの人達は、字に興味があるんじゃなくて、衝天剣門の弟子が若くて男前だから、ああも熱心になっているんじゃないだろうか。思わず邪推してしまう。けれど、観衆を責めることは出来ない。真に悪いのは、剣筆そのものの品格を貶《おとし》めている衝天剣門なのだから。

「行くぞ」

陸破興はきびすを返し、大股《おおまた》で歩き出した。遅れないように、小走りで後を追う。背後ではまだ、歓声がやまない。

ふと、陸破興が言った。

「気がついたか、お前も」

「はい」

「あれが杭州一番の名門の実態ってわけだ。まぁ、庶民受けはいいからな。商売としては正しいんだろうよ」

「でも、あんなの……。剣筆を馬鹿にしてます」

「ああ。しかし、画にせよ書にせよ、芸術なんてのはそういうもんだ。商売ごとになったり、大衆の娯楽になると、どうしたって多少は品格が落ちる。もっとも、それが間違いだと喚《わめ》いたって何かが解決するわけじゃないからな。そんなことに労力を使うなら、自分の腕をもっと磨くべきだ」

堂々とした意見に、春燕も心を動かされた。

――そうだ、私は本物の剣筆を知ってる。旦那《だんな》様やお嬢様、陸様や韓様の教えを受けているんだもの。それを無駄にしないよう、しっかり稽古しなくちゃ。

帰り道の途中で、陸破興が言う。

「帰る前に、一軒寄っていってもいいか？」

春燕は小さく頷いた。彼が立ち寄ったのは小さな花屋だった。店内にはしわくちゃ顔の老婆《ろうば》が一人いるだけだ。陸破興は数種類の梅花を買い、大事そうに油紙で包んだ。

誰かに贈るのかしら。気になったものの、結局口には出さなかった。

荷物が多くなったので、馬車を雇う。陸破興の機嫌は一向に直っていなかったから、帰りが早くなるのは有り難かった。

夕方頃に屋敷へ着いた。陸破興と二人で、馬車から荷物を下ろす。作業が済むと、彼は十両ばかりの銀を春燕に差し出した。

「今日はつき合ってくれて助かった。こいつは手間賃だ」

春燕は両手を突き出し、首を振った。

「こ、こんなお金、受け取れません。ただでさえ、今日は色々買っていただいたのに」

「気にするなって。ここに腰を落ち着けるなら、どのみち金は必要だろ」

何度も感謝しながら、彼女は銀を受け取った。大事にとっておいて、お嬢様の葬儀や供物の費用にしようと思った。

「じゃ、また夕食の時にな」

陸破興は、梅の花を手にして立ち去った。春燕も頷いて別れたが、門前に目を向けると、彼の酒瓢箪が置きっぱなしになっているのに気がついた。

慌ててそれを拾い、後を追いかける。彼は屋敷の裏手に向かうところだった。これまで、春燕が立ち入ったことの無い場所だ。何となくためらいを覚えながら、足を進めていく。

陸破興がやってきたのは、小さな庭園だった。梅の木が周囲に植えられ、気高い赤の花を咲かせている。

園の中央に、綺麗な形の墓があった。

そして墓前には、先客がいた。

韓九秋だ。

「何だお前、いたのか」

陸破興の声を聞いて、韓九秋が振り向く。相手の持っている油紙の包みを見て、その顔に理解が浮かんだ。

「街に行ってきたのだな」

「まあな。頼《らい》婆さんの店で、梅を買ってきた」

「そうか」

春燕は驚いた。日頃険悪な仲の二人が、場所を共にして、しかも穏やかに話している。覗《のぞ》き見はよくないと思いつつも、近くの大木に身を隠し、そっと首を伸ばした。

陸破興と韓九秋が並んで立っているので、春燕の場所からは墓が誰のものなのかはっきり確かめられない。陸破興は油紙を開いて、梅花を位牌《いはい》の前に添えた。韓九秋が、その横で紙銭《しせん》を焼いている。陸破興は、ちらっと周りの木々を見上げた。

「今年も綺麗に咲いてよかったな」

「ああ。私も安心した」

その光景をじっと眺めていた春燕は、ようやくはっとした。

──私ったら、馬鹿ね。お二人がお墓参りをする方なんて、はなから一人しかいないじゃない。

きっとあれが、七光天筆《しちこうてんひつ》・崔天明の墓なのだ。

「衆芳《しゅうほう》、搖落《ようらく》するも……独り、喧妍《けんけん》たり……」

韓九秋が低く、しかしよく聞こえる声で詩を吟《ぎん》じた。宋の林和靖《りんなせい》が作った『山園小梅《さんえんしょうばい》』だ。

陸破興が後の句を引き取った。

「風情《ふうじょう》を占《し》め尽くして、小園《しょうえん》に向かう」

二人は、代わる代わるに一句ずつ詠んでいった。その声には、亡くなっていった人への深い敬慕がこもっていて、春燕も心を打たれずにはいられなかった。

詩を詠み終えると、陸破興がため息交じりに言った。

「九秋、覚えてるか。林和靖は生涯妻を持たず、梅の花と鶴《つる》を愛していたから『梅妻鶴《ばいさいかく》子《し》』を名乗ってた。すると、彼女は言ったもんだ。『それなら私はさしずめ「梅夫《ばいふ》鶴子」ですね』ってな」

彼女？　思いがけない言葉に、春燕は当惑した。

崔天明様は、女性だったの？

まさか、そんなはずは。春燕は必死に目を凝《こ》らし、墓碑《ぼひ》に刻まれた名前を見た。

そこには『梅仙剣客《ばいせんけんかく》・薛友蘭《せつゆうらん》』とあった。

韓九秋が、感慨《かんがい》深げに言った。

「覚えているとも。彼女の周りには大勢の男がいたが、まるで見向きもしなかった」

二人はそれきり黙り込んだ。お互い、亡き人に思いを馳《は》せているようだった。やがて、陸破興が告げた。

「そろそろ戻るか」

「そうしよう」

春燕は急いでその場を離れた。

部屋に戻ってからも、疑問が浮かぶばかりだった。一体、薛友蘭とは誰なのだろう。二人の様子からして、よほど大切な人だったに違いない。どちらかに聞いてみようか。ちらっとそんなことを思ったが、うまい切り出し方が浮かばない。

結局、そのまま一週間ばかりが過ぎていった。


「天芯、ちょっと街へ買い出しに行ってくれないか」

ある日。稽古の後で、陸破興がそう言った。

「なに、大したもんじゃない。ちょうど塩と香辛料を切らしちまってな。今夜の料理に必要なんだ」

春燕はにっこり微笑んだ。

「わかりました。私は居候《いそうろう》の身なんですし、遠慮せずいくらでも言いつけてください」

支度を整え、早速街に向かう。城内は相変わらずの賑わいだった。陸破興の書きつけを頼りに、指定された店へ足を運んで、塩と香辛料を買う。自分自身の用は無いから、さっさと街を出ようとした。ところが――。

「おい」突然、横柄《おうへい》な声に呼ばれた。誰だろう。振り向くと、どこかで会ったような青年が立っていた。

相手は春燕を見て、ぱちんと両手を合わせた。

「やっぱり、あんただ！」

春燕も気がついた。初めて杭州に来た日、顔を合わせた衝天剣門の弟子だ。崔天明について尋ねた時、この青年が嫌らしい返答しかしなかったのを思い出す。

相手は小馬鹿にした調子で言った。

「まだ杭州にいたのか？　崔天明の骨でも拾えたかい？」

無視して、その横をすり抜けようとした。が、青年の大きな胸が、素早く眼前に立ち塞がる。

「ど、どいてください」

強い口調で言ったつもりだが、相手はにやにや笑うばかりで動かない。完全に見下した態度だ。

ずっと人より低い立場で生きてきたせいか、春燕は自分でも意識しないうちに、卑屈で気弱な姿を見せてしまうことが多かった。お嬢様にもよく言われたものだ。いつも大人しい態度ばかりとっていたら、馬鹿にされたり舐《な》められたりするから気をつけなさい、と。

春燕はもう一度、声を大きくして言った。

「どいてください」

「嫌だね」

青年はあくまで道を譲ろうとしない。春燕がきびすを返して立ち去りかけると、相手は素早く腕を伸ばし、彼女の手を掴《つか》んだ。抵抗する間もなく、乱暴に体を引っ張られる。

「へえ、この手……」まめだらけの指を見た男は、感心したように言った。「剣を握ってるな？　もしかして、剣筆をやってるのか？」

春燕は顔を真っ赤にして、もがいた。しかし相手の力は強く、どうしても振りほどけない。

「崔天明のような剣筆家のことを嗅《か》ぎ回ってる奴は、野放しにしておけないな。この杭州は俺達衝天剣門が顔役なんだ。お前も剣筆家の端くれなら、うちの師匠に会って挨拶《あいさつ》をしていけよ。師匠の機嫌がよければ、一門の弟子として迎えてもらえるかもしれないぞ」

「放してください」

「そう慌てんなよ。わかった。これから俺が出す三つの問いに答えられたら、ここを通してやるよ。俺が詩を詠むから、続きの句を当てるんだ。いいな？」

「そんなの、やりたくありません」

青年は意地悪い笑みが、一層大きくなる。

「断るんなら通さねえよ。まず最初の問いだ。洛陽《らくよう》に才子《さいし》を訪《と》えば——。この句の続きは？」

「江嶺《こうれい》に流人《るにん》と作《な》る」

春燕は渋々答えた。唐の孟浩然《もうこうねん》が作った『洛陽にて袁拾遺《えんしゆうい》を訪うて遇《あ》わず』だ。歴代の王朝で、詩が最も隆盛したのは唐の時代だ。偉大な詩人が沢山いる。そのため、剣筆家も好んでこの時期の詩を題材にしたがる。本を沢山読んできた春燕にとって、別段難しい問いではなかった。

間髪《かんはつ》容れず彼女が続きを口にしたので、青年はややたじろいだ。しかし、すぐまたへらへらした笑みを浮かべる。

「まあ、今のは簡単すぎたな。次はこれだ。水を渡り復《ま》た水を渡り――」

「花を看還《みま》た花を看る」

これは『胡隠君《こいんくん》を尋《たず》ぬ』という詩、作者は明初の文人・高啓《こうけい》だ。比較的最近の詩だし、有名な文人だから間違えようがない。春燕はそう思ったけれど、相手はあっさり当てられたのが意外だったらしく、不愉快そうに唇を歪《ゆが》めた。

「まだ終わりじゃない。最後はこれだ。朝霞《ちょうか》白日《はくじつ》を迎え――」

「丹気湯谷《たんきゆこく》に臨む」

春燕は殆ど間を置かずに続けた。青年が出したのは、千年前の西晋《せいしん》時代に生きた詩人・

張協《ちようきよう》の『雑詩其四《ざつしそのよん》』だった。時代が古いから、確かに最初の二問よりは難しい。けれど張協も当時の著名な詩人だし、昔の詩は今とは違う独特の趣きがあるから、春燕もよく覚えていた。

青年はしばし呆気《あつけ》にとられ、それから瞳に怒気を浮かべた。

「ふん。随分詩に詳しいじゃないか。崔天明のことといい、やっぱり怪しい奴だ。ここで放すわけにはいかないな」

「そ、そんな……通してくれるって」

「うるせえ。つべこべ言わず、俺と来るんだ！」

言うなり、強引に春燕の手を引っ張っていく。必死に抵抗したが、力ではとてもかなわない。周囲の人々も、この騒ぎを遠巻きに眺めていたが、彼女を助けようとはしなかった。

そこへ、鋭い声が飛んだ。

「おい、遜《そん》。何をやっている」

春燕が振り向くと、背の高い色白の若者がこちらへ近づいてくるところだった。身なりで、すぐに衡天剣門の弟子だとわかる。

その若者の顔を見て、彼女はぎくりとした。覚えがある。先日、壇上で剣筆の技を披露していた宋華卿だ。

「往来で女性に暴力を働くとは何事だ。一門の面子《めんつ》に傷をつけるつもりか」

遜と呼ばれた男は、途端に態度が弱々しくなった。

「その、兄貴、違うんですよ。ほら、先日崔天明について嗅ぎ回る娘を見たって……」

「いいから、手を放せ」

宋華卿が大股で近寄り、遜の腕をはたく。相手はやむなしとばかり、春燕を放した。

「申し訳ない。弟弟子が乱暴を働いたようだな」

「あの、いいえ」

春燕はやや安堵《あんど》した。よかった、この人は礼儀正しいし、話が通じそうだ。でも、なるべく長居したくない。

「すみません、急いでいるので」

すぐさま立ち去ろうとしたが、宋華卿に呼び止められた。

「待った。弟弟子の狼藉《ろうぜき》は別として、崔天明の消息を探しているのは本当なのか?」

答えずに逃げたら、かえって怪しまれるだろう。春燕は仕方なく足を止め、小声で言い返した。

「別に、探し回ってなんかいません」

遜がすかさず口を入れた。

「兄貴、行かせるべきじゃありませんよ。こいつ剣筆もやってるみたいです。衝天剣門に仇《あだ》なす連中の一味に決まってますよ」

宋華卿がほう、と感心した様子を見せる。その視線は、春燕の手に向けられた。

「お嬢さん、名前は？」

「名乗るほどの者じゃありません」

「剣筆が出来るのだな。どこの道場の弟子だ？」

「本当に、遊び程度にやっているだけで……。きちんとした先生もいませんし、どこかの道場に入っているわけでもないんです」

またしても、兄弟子の陰《かげ》から遜が横やりを入れた。

「もごもごごまかすような言い方しやがって。何かやましいことでもあるのかよ。けっ、崔天明なんざ、色魔の腰抜けジジイだ。あんな奴のどこが尊敬に値《あたい》するもんかよ」

色魔？　腰抜け？　とんでもない中傷に、春燕は啞然《あぜん》とした。

「な、何を……」

「嘘じゃねえさ。ねえ兄貴？」

宋華卿がふっと笑った。

「確かに事実は事実だ。崔天明は若い女に年甲斐《としがい》も無く懸想《けそう》して、我が身を滅ぼした。剣筆の腕は見事でも、人間としては愚《おろ》かだったな」

「いやいや、剣筆の実力だって大したことありませんよ。俺達の師匠に手も足も出ず負けたんですからね。虚名だけのインチキジジイさ」

春燕は真っ赤になった。宋華卿までが崔天明を悪《あ》し様《ざま》に言ったので、先ほど感じた好意もすっかりどこかへ飛んでいってしまった。

「お亡くなりになった方を、そんな風に酷く仰《おつしや》るなんて、あんまりじゃありませんか……」

逯が息巻く。

「あんた、一体崔天明の何なんだ？　随分と庇《かば》い立てするじゃないか。兄貴、こいつやっぱり怪しいですよ。師匠のもとへ連れて行って、詳しく聞き出しましょう」

「まあ、慌てるな」宋華卿が手を上げて弟弟子を制し、それから春燕に言った。「お嬢さん、俺は手荒な真似《まね》をするつもりはない。ただ、正直に答えてくれ。崔天明とは一体どういう関係なんだ？」

春燕は困り果てた。完全に逃げる機会を失ってしまった。答えないでいたら、ますます相手の疑いを深めるだろう。かといって、崔天明を敵視している人間達に、本当のことを話せるはずもない。

「あの、お聞きしたのは、本当に興味本位だったんです。別に私は、崔天明様と深い関わりがあるわけじゃありません。その、杭州にも来たばかりで、何にも知りませんし……」

あんまり言葉を費やしたら、かえってぼろが出る。ぼそぼそと、それだけ言った。

宋華卿は真偽を見極めるように、春燕を無言で見つめていた。遜の方は明らかに納得していない様子だ。

ややあって、宋華卿が尋ねた。

「それで？　杭州へ来て、崔天明のことは何かわかったか？」

春燕は首を振った。

「そうか。何にせよ、奴に興味があるんだろう。どうだ、今から我が衝天剣門の道場に来ないか。知りたいことを教えてやる。なに、ただ真実を話してやるだけだ。そうすれば、今後は杭州でこういうごたごたに巻き込まれることもない」

突然の提案に、春燕は困惑した。

正直、衝天剣門のことは好きになれない。けれど……自分の中でも、崔天明に対する疑念が大きくなっていくのを感じる。何せ衝天剣門の門人だけでなく、杭州の人々が口を揃えて彼の悪口を言っているのだ。

もしかしたら、崔天明は自分が思っていたような、立派な剣筆家ではないのかもしれない。陸破興や韓九秋が話さないだけで、後ろ暗い過去があるのかもしれない。せっかく話してくれるというのなら、聞くだけ聞いてみようか。何より、宋華卿の話を突っぱねたら、余計疑いを招いてしまいそうだ。相手は事態を穏便に済ませようと考えてるみたいだし、あえて反対する理由も無い。春燕は心を決めた。

「わかりました。連れて行ってください」

衡天剣門の道場は杭州の西に位置していた。正門の扉は人の倍ほども高さがあり、屋根に掲げられた看板に『衡天剣門』の金文字が輝いている。門の左右には珍しい石——確か韓九秋の書斎の本で見た、雲南《うんなん》の大仙石というものだ——が置かれ、右は『剣詩双絶《けんしそうぜつ》』左は『杭州第一』と刻まれていた。

陸破興が見たら「ご大層なこと書きやがって」とでも文句を言っただろう。春燕はちらっとそんな風に思った。

門をくぐった先に、古風な造りの屋敷が見えた。手前には広い稽古場がある。中年の剣筆家が、若い弟子達に剣法の指導を行っていた。弟子は男女が半々くらいで、いずれも美しい容貌《ようぼう》をしていた。

反対側には、いくつもの岩紙が並び立ち、年輩の弟子達が字を刻んでいる。伸びやかに詩を吟じる声、風を切る剣の唸《うな》りに、春燕は少なからず圧倒された。杭州きっての名門だけあって、道場の規模も大きい。

丞は用事を言いつけられていたらしく、門を入ってすぐに別れた。宋華卿に従って稽古場を進むと、向こうから四人の女弟子が談笑しながらやってくるのが見えた。全員、歳は春燕より一、二歳くらい上だろうか。華やかな色の着物をまとい、洒落《しゃれ》た腕輪や簪《かんざし》を身につけ、化粧もきっちりしていた。四人とも、街の講談に出てきそうな美少女だ。春燕は思わず彼女達と自分の容貌を見比べ、居心地が悪くなった。今日は買い出しに来ただけだから、大して着飾っていない。もっとも、いくら身なりを整えたところで、彼女達には到底敵《かな》いそうもなかった。

女弟子の一人が宋華卿の姿に気がついて、ぺこりと頭を下げる。

「お帰りなさい、宋師兄《しけい》。あら、そちらのお方は？」

「客人だ」

「そうでしたの」

女弟子達から好奇心に満ちた視線を浴び、春燕は赤くなって俯いた。宋華卿が尋ねる。

「師匠はどちらにいる？」

「本堂の教室で、弟子達に詩の講義をしてましてよ」

「わかった」

女弟子達は行き過ぎた後も、春燕を振り向いては何かを囁《ささや》き合い、くつくつ笑っていた。自分の野暮《やぼ》ったさを話題にしていたのかもしれない。

宋華卿の案内で、春燕は屋敷の奥部屋に通された。

そこでは、髪も髭《ひげ》も真っ白の老人が、本を片手に詩を吟じていた。歳は六十くらいだろうか。垂れた長い眉、落ち着きのある声、全てが穏やかで、優しげだった。

老人の前には、若い弟子達が背を真っ直ぐにして立ち並び、熱心な様子で耳を傾けている。宋華卿は、師の朗読が終わるまで待っていた。

やがて、老人が本を畳《たた》んで言った。

「今日はここまで。読んだ詩を、しっかり暗誦《あんしょう》しておくように。さあ、行きなさい」

弟子達が一斉に礼を述べる。彼らが出ていくと、老人は宋華卿に目を向けた。

「お前か。お入り」

「お忙しいところ、お邪魔して申し訳ありません」

「うむ。そちらのお嬢さんはどなたかね？」

宋華卿は、手短に街での出来事を説明した。話が遜のからかいに及ぶと、老人は微《かす》かに眉をひそめた。

「まったく、あやつのやんちゃぶりも酷いものじゃな。まあ、お嬢さんに軽々と答えを当てられて、自分の勉強不足がわかったじゃろう」

「ええ。本人にも、いい薬になると思います」

そう答えて、宋華卿は春燕を振り向いた。

「お嬢さん。こちらは我が師の柳孤鶴先生。現在一門を取り仕切っている。崔天明について知りたいことがあれば、何なりと尋ねるがいい」

眼前の優しげな老人が衝天剣門の頭《かしら》と知って、春燕は驚いた。剣筆を商売道具として軽んじる道場、その頂点に立つ人間なのだから、さぞかし悪人じみた風貌をしていると思っていたのだ。

春燕はおずおずと切り出した。

「その、杭州に来るまで、崔天明様は優れた剣筆家だという評判を聞いていました。一度、その技がどんなものか知りたくて……でも、どの方に尋ねても、中傷しか返ってこないものですから」

老人は天を仰ぎ、嘆息《たんそく》した。

「崔天明……確かに優れた剣筆家であった。しかし、剣筆の腕が確かでも、人間として立派かどうかはまた別の話じゃ。まあ、お座り。詳しく聞かせてあげよう」

春燕は勧められるまま、近くの椅子《いす》へ腰を下ろした。柳孤鶴がおもむろに話し始める。

「かつてこの杭州には二人の優れた剣筆家がいた。一人が七光天筆こと崔天明。もう一人が義師剣《ぎしけん》こと秦瀟海《しんしょうかい》、わしの同門の兄弟子であった。わしと兄弟子は若い頃から力を合わせ、先代から受け継いだこの道場を盛り立ててきた。今の衝天剣門があるのも、兄弟子がいてくれたからこそじゃ。

おっと……話を戻さねばの。崔天明と兄弟子の争いの発端は、そもそも一人の女人から起こったことなのじゃ。その女人は、杭州でも有名な遊廓《ゆうかく》『水月楼《すいげつろう》』にいた妓女《ぎじょ》でな。名を、薛友蘭という」

薛友蘭の名を聞いた春燕は、内心驚きつつも、辛《かろ》うじて表情を保った。脂薇荘で見た墓碑と同じ名前だ。

「『水月楼』の妓女達は美貌のみならず、楽曲や文の才能に秀でていた。中でも薛友蘭は類希《たぐいまれ》な詩才の持ち主、妓女という卑《いや》しい身分ではあったが、一流の文人顔負けであった。詩を作るうち、剣筆にも興味を持つようになり、独学で技を磨いておったのじゃ。我が兄弟子は、そんな彼女の素質を大層愛《いと》おしんでのう。長年懇意《こんい》にしておった。よからぬ輩《やから》が寄りつかぬよう、多額の金を出して守ってやっていた。

が、ある日のことじゃ、かの崔天明は薛友蘭の噂《うわさ》を聞きつけ、頻繁《ひんぱん》に廓《くるわ》へ足を運ぶようになった。我が兄弟子と同じく、彼女の持つ才能に惹《ひ》かれたのじゃろう。それだけなら、まあよい。あの男はやがて、薛友蘭を愛するようになったのじゃ。単なる客以上のつき合いを求め始めた。

もちろん、薛友蘭は断った。身分も年齢も釣り合わぬし、何より我が兄弟子が何不自由無いように面倒を見ておるのだから、その面子を潰《つぶ》して他の者のところへ行くわけにはいかぬとな。しかし崔はしつこく彼女に迫った。大量の金を用意し、何度も廓から請《う》け出したいと言い出した。

これには、兄弟子も黙っておれぬ。最初は穏便に話し合いで決着をつけようとしたが、どちらも譲ろうとせぬ。そこで、最後にはとうとう剣筆の決闘をすることになった。二人の実力は甲乙つけ難いものがあったが、結果は……兄弟子の勝ちであった。負けた崔天明は、杭州における名声をすっかり失い、屋敷へ引きこもった。やがて病のため衰弱し、亡くなったそうじゃ」

宋華卿がふんと鼻を鳴らし、つけ加えた。

「崔の最期は、同情になど値しません。あの男の動機は最初から邪《よこしま》なものだった。若い妓女、まして他人の庇護《ひご》にある者を、無理矢理奪い取ろうとするなんて、剣筆の大家たる身分にそぐわぬ行いです。秦先生は、それを正すために決闘を受けた。正義は常に勝つ。天が崔の邪悪な想いを見抜き、秦先生に味方したのですよ」

亡くなられた方に、そんな言い方をするなんて。春燕は抗議したかった。柳孤鶴をちらっと見たが、弟子の言動を咎《とが》める様子は少しも無い。

今ここで崔天明を擁護《ようご》したら、相手も機嫌を損ねて続きを話してくれないかもしれない。湧き上がる反感を抑えながら、彼女は尋ねた。

「その……薛友蘭という方は、どうなったのです？」

「あの女人は大層優しい心の持ち主でな。自分のせいで剣筆の達人が決闘したことに心を痛めておった。以来、鬱々《うつうつ》とした日々を過ごすようになってのう。ある日、廓から姿を消してしまった。どこへ行ったのか、行方は誰にもわからぬ」

「では、秦瀟海先生は？」

「兄弟子は今、江南の剣筆家を束ねる一大組織『鉄墨会《てつぼくかい》』に名を連ねておる。我が一門を、陰から支えてくれているのじゃ」

春燕は背中がざわつくのを感じた。鉄墨会には、斐家の仇である段玉鴻も属している。そこに加わっているとあっては、やはりいい心証を持てなかった。

「さて、これで話は終わりじゃ。納得がいったかね。崔天明とて根っからの悪人ではない。立派な人物が、色や権力のため道を誤《あやま》ることはよくあるものじゃ。崔天明も、そうした一例に過ぎぬ。我々も、同じ轍《てつ》を踏まぬよう戒《いまし》めなくてはの」

「はい、師匠。ありがとうございました」宋華卿が深々と頭を下げ、春燕を振り向く。

「これでわかっただろう。今後、杭州で崔天明の名を出すのは控えることだ」

春燕は曖昧《あいまい》に頷いた。柳孤鶴の口調には誠実さがあり、全てが嘘とは思えない。けれど、衝天剣門の外面《そとづら》だけを意識した剣舞や、弟子達のがらの悪さを見ていると、どうにも胡散臭さが拭《ぬぐ》いきれなかった。

話も済んだし、すぐにでも屋敷へ帰りたい。礼を述べようとした矢先、宋華卿が再び切り出した。

「師匠、改めてご相談なのですが……。先程も伝えた通り、この娘は遜がからかい半分で出した問いに、淀《よど》みなく答えてみせたそうです。今、我が門下には剣術に優れた弟子こそそれなりにいますが、彼女のようにしっかりした詩の知識を持つ者は見当たりません。もし一門に彼女が加わってくれれば、大きな利があると思いませんか？」

「ほっほっほ。賢《さか》しい奴め。わしに長話をさせたのも、最初からそれが狙いだったのじゃな」

春燕は仰天した。まさか、私を衝天剣門へ誘うつもりだったの？　言葉を失っていると、宋華卿が笑いかけた。

「どうだい？　師匠の話を聞いて、衝天剣門がいかに正道な門派かも理解出来たはずだ。君には才能を感じる。この道場へ入って学べば、きっと優れた剣筆家になれるだろう」

「あの、私……だめです。ここへは、そんなつもりがあって来たんじゃ」

「この機会を逃す手はないぞ。何せ我が一門に入るのは簡単じゃないんだ。剣の腕はもちろんだし、金も要る。それに試験もある。年に一度、入門試験があって、数百人が押し掛けてくるが、受かるのは毎回片手で数える程度だ」

「困るんです。だって、本当に遊びでやってるだけだし……」

「そんなのはもったいないよ。遊びで終わらせるには惜しい腕だ」宋華卿が春燕の手を取り、柳孤鶴に示した。「ほら、師匠。この手を見てください。かなり剣を握ってるのがわかりますよ」

柳孤鶴がふむ、と頷いて身を乗り出し、しげしげと春燕の手を眺める。早くこの場から逃げ出したくて、彼女はあれこれ言い訳を考えていた。

ふと、老人と視線がぶつかる。一瞬、それまで優しげだった老人の瞳に、何か不穏な光が浮かんだ。まるで、獲物を見つけた猫のような。春燕がぞくりとした途端、光は消え、瞳はもとの色を取り戻していた。

――何だろう、今の感じ。

老人は髭をしごきながら、感心した調子で言った。

「なるほど……確かに素晴らしい。そのうえ興味深い。我が一門に加わる資格は、じゅうぶんある」

「ほら、師匠もこう仰っている。断るなどと言わないでくれ」

宋華卿が微笑み、詰め寄る。

「わ、私……」

適当な言葉が続かず、俯いた。どうしたって、入門するわけにはいかない。何か断れる理由を探さなければ。必死に頭をめぐらせながら、ただただ突っ立っていた。

宋華卿が眉をひそめ、口元からは笑みが消えていく。

沈黙に耐えられず、春燕はしどろもどろになって言った。

「や、やっぱり駄目です。だって――」

「どういうつもりだ」

低く、脅《おど》すような声。ぎょっとして相手を見返すと、宋華卿の態度が一変していた。

「俺の面子を潰す気なのか？　何度も歓迎すると言っているのにまだ断るとは、余程の理由があるんだろうな？」

「そんな……私は、ただ……」

相手の豹変《ひょうへん》ぶりに怯《おび》え、彼女は後ずさった。

「一体、誰が遜の狼藉から助けてやったと思っている？　師匠にも対面させ、直々に崔天明の真実を話しただろう。俺が誠意を見せたのに、そこまで頑《かたく》なな態度をとるとは、無礼が過ぎると思わないのか？」

「まあ、よい」柳孤鶴がやんわりと割って入った。「性急に話を運んでも、返事のしようが無いじゃろう。ゆっくり考えてもらいなさい」

春燕はこの助け船に慌ててすがった。

「そ、そうなんです。急なことで、考えが決まらなくて……あの、本当にすみません。これで失礼いたします」

謝る理由なんて何も無いはずなのに、深く頭を下げ、足早にその場を立ち去った。稽古場を抜け、門を出てもまだ安心出来なかった。恐怖で体が震えていた。足下が絡んで、何度も躓《つまず》きそうになる。誰かにつけられてる気がして、途中で馬車を雇い、帰りを急いだ。

震えは、ずっと止まらなかった。

宋華卿はたまりかねた様子で尋ねた。

「師匠。行かせてよかったのですか」

「かまわぬ。それより、あの娘の手をよく見たかの？」

「肌が硬く、まめだらけでした。剣筆をやっているのは間違いありません」

「では、その流派は？」

宋華卿が首を振る。

「そこまでは……」

師はほっほと笑い、緩やかに手近な椅子へ腰かけた。髭の奥でにやりと笑みを浮かべつつ、確信のある声で言った。

「わしの見たところ、あれは垓下剣法《がいかけんぽう》の使い手に違いない」

宋華卿の驚きは尋常ではなかった。

「垓下剣法ですって？」

「左様。垓下剣法の使い手は、技の修練が深くなるにつれ、親指のつけ根に独特の痣《あざ》が出来る。あの娘にもそれがあった。まだ達人の境地には達しておらぬのか、幾分浅かったがの」

「では、彼女は崔天明の身内ですか？」

「崔の身内といえば、『脂薇荘』で争っている元弟子が二人、それに兄弟弟子の斐士誠《しせい》だけだったはず。斐士誠には娘が一人いたと聞くが……どうも解《げ》せないのう」

「何故《なぜ》です?」

「さっきの娘の手、剣筆をやっているのは間違いないが、他にも妙な痣や傷跡があった。あれはどちらかといえば、下働きの侍女の手に似ておる。フフ……実に興味深い」

宋華卿は、師の抱いた疑問にはあまり関心が無かった。それより、崔天明と関わりのある人間を道場に入れてしまったことを後悔していた。幸い師は咎めていないようだが、やはり失態には違いない。彼は憤然《ふんぜん》として進言した。

「いずれにせよ、崔天明と繋《つな》がっている人間は、我が衝天剣門の敵です。このまま放ってはおけません」

「まあ、そう焦ることはあるまい。次の手は考えてある」

師は宋華卿を手招きして、その耳に計略を告げた。宋華卿がにやりと笑う。

「なるほど。名案です」

「では、早速動くがよい」

師は口髭の奥で、狡猾《こうかつ》な笑みを浮かべていた。

屋敷へ戻ると、陸破興が心配そうに出迎えた。春燕は自分の買い物が長引いて遅くなったのだと、苦しい言い訳でごまかした。その日は夕食も食べず、寝床に入った。

宋華卿の冷ややかな言葉。柳孤鶴の瞳に宿る怪しい輝き。衝天剣門は、完全に彼女を敵視している。当分、街へは行けそうもなかった。

夜も半ばを過ぎたが、春燕は眠れなかった。どうしたものかと考えた矢先、ふと薛友蘭のことが思い浮かんだ。今なら、あそこには誰もいないだろう。寝床を下りて、こっそり屋敷の裏庭へ向かった。

肌寒い空気と暗闇《くらやみ》のせいで、墓場はどことなく不気味な雰囲気があった。

春燕は、そっと墓碑を指先でなぞった。

あなたはどうして亡くなられたの？　柳孤鶴先生の話は本当だったの？

墓に問いかけたところで、答えが出るはずもない。嘆息して振り向いた瞬間、春燕は飛び上がりそうになった。

韓九秋が目の前に立っていた。

「あ、あの……韓様」

「いずれ、ここに来るだろうとは思っていた」

その口調は普段と変わらず、怒りや疑いも感じられない。春燕はやや安堵して、頭を下げた。

「すみません。お二人に断りもせず、大事な場所へ立ち入ってしまって」

「謝る必要は無い。彼女のことは、遅かれ早かれ話さねばならなかった」韓九秋はやや間を置いて告げた。「今日、街でたまたまお前を見かけたので、後をつけていた。お前が衝天剣門の弟子に絡まれ、道場に連れて行かれるのも見た」

「か、韓様、私は決して——」

慌てて弁明しようとする春燕を、韓九秋が片手で遮《さえぎ》った。

「衝天剣門の道場から出てきたお前は、酷く顔色が悪かった。何かされたのだろうと心配したが、ここへ来たのを見て、ある程度想像がついた。恐らく、我が師と友蘭の過去について、何か知ったのだろうとな。道場で、何があった?」

春燕は頭《こうべ》を垂れた。それから、ぽつぽつと話し始めた。柳孤鶴の口から語られた崔天明と衝天剣門の争い、宋華卿から弟子になるよう強要され、怖くなって逃げてきたこと……。

聞き終えた韓九秋は、深々とため息をついた。

「その話は確かに真実だ。もっとも、衝天剣門の門人達にとっては、だが」

「別の真実があるのですか?」

「薛友蘭を賭けて、我が師と秦瀟海は戦った。しかし、この勝負はもともと茶番だったのだ。決闘の前に、秦瀟海は我が師にわざと負けるよう要求した。そうすれば薛友蘭を渡すと約束して。だが、これはもちろん二人が内密に交わしたもので、世間には知られていない。そのため、誰もが崔天明は秦瀟海に負けたのだと思っていた」

「そんな……」

「師匠には五十歳を過ぎても、跡継ぎがいなかった。垓下剣法は、代々限られた一部の弟子にのみ伝える掟《おきて》だ。師匠は各地を広く旅して回り、私や破興を弟子にしたが、正式な後継者と認めたわけではなかった」

「韓様や陸様ほどのお方でも認めていただけないなんて、崔様は余程優れた方を探していたのですね」

「身内ならまだしも、血の繋がらぬ他人へ奥義を伝えるのは、難しいものだ。堕落《だらく》した弟子を持ったために、築いた名声を一瞬で失った達人も少なくない。単に技だけでなく、人格や将来性、あらゆる面で相応《ふさわ》しい人間を選ばなければならん。師匠からすれば、私や破興は条件の全てを満たさなかった。そんな時に見つけた逸材が、薛友蘭だったのだ。師匠は彼女の才能や人柄、剣筆にかける情熱を愛し、何が何でも弟子にしたがった。ゆえに、秦瀟海の無茶な条件をも受け入れた」

「では、薛様はその勝負の後、崔様の弟子になったのですね」

韓九秋は悲しげに首を振った。

「いや、そううまくは運ばなかった。決闘の後、水月楼へ友蘭を迎えに行くと、おかみが莫大な身請け金を要求してきた。杭州の富豪でもたやすく出せないほどの金額だ。師匠は秦のもとへ行って抗議した。自分が負ければ彼女を身請け出来るはずだったのに、これでは約束違反ではないかと。だが、秦瀟海は冷たく突っぱねた。『自分は薛友蘭を手放すのを承知した。その証拠に、もう彼女のもとへ顔を出してはいないし、金も払っていない。だが、おかみが身請けを承諾するかどうかは、そちらの問題だ』とな」

春燕は憤慨《ふんがい》した。

「そんなの、酷すぎます。事前の約束なんて、何の意味も無かったことになるじゃありませんか」

「全ては罠だったのだ。師匠とて剣筆の達人、金が無いわけではなかったが、秦瀟海は裏でおかみに賄賂《わいろ》を送り、友蘭の身請け金を不当につり上げていた。そのせいで、彼女を廓から連れ出せなかった。何とか金を工面しようと、師匠はそれまで以上に剣筆の技を売り、あるいは屋敷の貴重な宝を質入れした。だが、決闘に負けた後も頻繁に水月楼を訪れる師匠の姿を見て、杭州の人々はいよいよ師匠を軽蔑《けいべつ》するようになった。年甲斐もなく若い女に懸想する愚か者だとな。衝天剣門の門人達も、ここぞとばかり悪い噂を流した。加えて、毎日『脂薇荘』の周辺をうろついて嫌がらせを繰り返したのだ。師匠は段々、心を病んでいった。

そんなある日のことだ。薛友蘭が突然、『脂薇荘』に現れた。決闘の真実を知っていた彼女は、師匠をずっと気にかけていたのだ。妓女として稼いできた財産を全て投げだし、自分で自分を身請けした。実に思い切った、心ある行動だ。師匠の人を見る目は、正しかったといえる。だが、払った犠牲も少なくなかった。必要な金をかき集めるため、友蘭は一日に十人も客をとった。望まぬ客と、望まぬこともした。悪い噂がいくつも流れた。淫売《ばい》だの、強欲だの、全て師匠のためとはいえ、彼女は自分をひたすら苛《さいな》んだのだ。

ともあれ、師匠は心から喜んで、友蘭を正式な弟子とした。そして直々に剣法を教え込んだ。だが……一年もしないうちに師匠は病で亡くなった。長年、弟子探しのために旅を続けた苦労や、衝天剣門による横暴で、心身共に弱っていたせいだろう」

話すうちに、韓九秋の表情が曇《くも》った。春燕も暗然たる思いに沈んだ。せっかく理想の弟子を得たのも束の間、崔天明は自《みずか》らの全てを伝えきれずに亡くなってしまったのだ。

「その後しばらく経《た》って、私と破興は友蘭からの手紙を受け取り、前後して『脂薇荘』にやってきた。友蘭は今までの経緯を話し、三人で師匠の意志を継ごうと言った。私と破興は、彼女に深く心服していた。師を看取《みと》ってくれたのみならず、剣筆や詩の才能も我ら二人を凌《しの》いでいた。彼女こそが、後継者に相応しいと思った。それから数カ月ほどは、平穏に時間が過ぎた。三人で垓下剣法を修練し、詩作をし、互いに切磋琢磨《せっさたくま》する。充実した日々だった……。

しかし、またしても事件は起きた。衝天剣門が知り合いの剣筆家達をけしかけて、脂薇荘に押しかけてきたのだ。目的は、友蘭が師匠の後継者になるのを阻止することだった。彼女は師匠に関わる一連の事件について知りすぎている。将来、剣筆家として名をあげれば、自分達に都合が悪くなると思ったのだろう。衝天剣門の一行は口々に、友蘭が金のためなら誰とでも寝る淫売であり、そんな輩が高名な剣筆家の跡継ぎになるのは許せないと罵《ののし》った」

春燕は歯ぎしりした。

「あんまりです。薛様が苦しんだのだって、もとは衝天剣門のせいじゃないですか！」

「その通りだ。私と破興も憤《いきどお》り、奴らと徹底的に戦う腹を決めた。しかし、友蘭の考えは違った。彼女は最初から、自分が後継者に相応しくないと考えていたのだ。師匠を救うため、余りにも汚名を被りすぎた。それに、師匠が亡くなった事件の発端が自分であると、責任も感じていた。彼女は、押し寄せた剣筆家達を前に、朗々と言い放った。『崔天明様の跡を継ぐのは、私ではありません。ここに、あの方の生前の弟子が二人おります。彼らこそが真の跡継ぎです。私は今日から、崔様の弟子でも何でもありません。あなた方との遺恨は、全てこの場で引き受けます。今後一切、脂薇荘への手出しはなりません』。彼女は言い終えるなり……そばにあった陶器で、自分の右手を叩き潰した。何度も何度も。私と破興が慌てて止めた時には、もう手は使いものにならなくなっていた……」

　思いがけぬ顚末《てんまつ》に、春燕は息を呑《の》んだ。

「彼女は、自ら剣筆家としての命を絶つことで、我らを守ってくれたのだ。衝天剣門と剣筆家達は、この光景に言葉を失い、退散するしかなかった。端から見れば、連中が有望な剣筆家を追いつめ、将来を奪ったも同然だ。以来、迂闊《うかつ》に脂薇荘へ近づかなくなった」

「薛様は？　その後、どうなったんです？」

「騒動から数日後、行先も知らせず去ってしまった。全ての罪を償《つぐな》うべく、出家すると書きつけを残して。我らもあちこちを探したが、見つけられなかった。それで剣筆家として死んだ彼女の弔《とむら》いに、墓を立てたのだ。友蘭からすれば、私と破興に後を託せば万事うまくいくと思ったのだろう。だが……そうはならなかった。友蘭が間に立ってくれていたおかげで、我らはある程度仲良くやれていたのだ。彼女がいなくなると、それまで気にかけていなかった些細な不満や対抗心が爆発した。結局、どちらが七光天筆を継ぐかで決闘を繰り返し、今日に至るまでこの有様というわけだ」

韓九秋は皮肉な笑みを浮かべて、この話を締めくくった。

春燕はやりきれなかった。衝天剣門の汚いやり口には怒りを覚えるし、崔天明の死と薛友蘭の失踪《しっそう》には、斐家の悲劇と通じるものを感じて心が痛む。けれど、全てはもう終わってしまったこと、春燕には何も出来ない。

「私と柳孤鶴、どちらの話を信じるもお前の自由だ。真実というのは、見方によっていくらでも変わる。師匠が衝天剣門に害されたのは事実だが、もし友蘭に拘《こだわ》りすぎなければ、死に至ることはなかったのかもしれん」

「でも、やっぱり衝天剣門の仕打ちは許せません。今だって、亡くなられた崔様を悪し様に言っているんです。それにあの人達の剣筆だって……」

韓九秋は大きく頷いた。

「その言葉だけでも、師匠や友蘭は喜ぶだろう。もし二人に何か報いたいと思うなら、今後も修練に励み、技を磨くのだ。お前は私や破興とは立場が違う。斐家の人間として、堂々と垓下剣法の後継者を名乗れるのだからな」

「あの、はい……」

言葉半ばで、目を伏せる。

心には、重圧がのしかかっていた。これまでの自分は、名門の技を受け継ぐことの意味や責任をはっきり理解していたわけではなかった。今、崔天明とその弟子達の話を聞いて、ようやくそれが実感出来た気がする。

　果たして、斐家の技を継ぐ資格が本当にあるのだろうか。薛友蘭のような覚悟を持っているだろうか。崔天明の言葉通りなら、継承者は剣筆の才能だけでなく、様々な素質を備えていなければならないのだ。自分は生まれも卑しく、おまけに技を学ぶために嘘をついている。そんな人間が、仇を討つだの、技を継ぐだの……考えるだけでもおこがましい。

「どうかしたのか？」

　気遣うような韓九秋の声を聞き、春燕ははっとした。咄嗟に言い繕う。

「あ……その、思ったんです。韓様がそこまで崔様や薛様のことを大事に思っていらっしゃるのなら、お二人のため、陸様と手を取って一門を盛り立てるべきではないでしょうか。今からだって、遅くは無いかもしれません」

「水と油は違うものだ。もう何年も同じ屋敷で暮らしているが、お前を挟んでなお対立は深い。これればかりは、どうにもなるまい」彼もまたその話題から逃れるように言った。

「衝天剣門の様子を見るに、今後とも油断は出来ないだろう。なるべく一人で出歩かないようにすることだ。必要ならば、私がついていく」

「はい。ありがとうございます」

しばらくは、平穏な日々が続いた。春燕はそれまで通り、熱心に垓下剣法の修練に励んだ。

崔天明について話してくれた晩以来、韓九秋はこれまでよりも親しみを込めて春燕と接してくれるようになった。表面上は相変わらず淡々《たんたん》としていたが、料理を作る時に春燕の好みを尋ねたり、稽古の後においしい茶を用意してくれたり、日々のあちこちで細やかな気遣いが増えている。

ある日、以前は入れてくれなかった自室にも招いてくれた。そこには大量の竹細工が並んでいた。傘、草鞋、籠《かご》、竿、椅子、食器、動物や虫を模した玩具……あらゆるものが揃っており、まさに一流の職人顔負けだ。春燕はすっかり圧倒された。

「剣筆以外にも、こんな立派な技芸をお持ちだなんて」

「私の父は読書人だったが、貧しくてな。この副業で稼いでいた。私も小さい頃から父を手伝っていたので、気がつくとこれだけの腕前になっていたのだ」

「私なんて、剣筆ですら稼ぐことも出来ないのに。韓様は竹細工、陸様は画、お二人とも本当に凄《すご》いですね」

「破興の画か……。確かに大したものだ。奴なら剣筆が無くとも、あれだけで食っていけるだろう」

春燕はぽかんとした。ややあって、韓九秋が怪訝《けげん》そうな視線を向ける。

「どうした?」

「いえ、その……韓様が陸様を褒めるの、初めて聞いたものですから」

「数年以上一緒に暮らしているのだ。百のうち一つくらいは、いいところもあるだろう」

鼻を鳴らしながら答える。春燕は可笑《おか》しくなって、くすっと笑みを漏らした。

ふと、壁に立てかけてある竹箒に目が留まった。頑丈そうな作りで、毛先も綺麗に揃っている。長年、侍女として暮らしてきた春燕は、こうした物の善《よ》し悪しを見分けることが出来た。

彼女の様子を見た韓九秋は、口端を優しく持ち上げて言った。

「気に入ったのなら、使ってくれ」

「いいんですか?」

「いつも屋敷を掃除してくれて、助かっている。道具もよい物を使った方がいいだろう」

早速、箒を手に取った。柄は長さも太さもちょうどいい。何より、よくしなって扱いやすかった。春燕は微笑んだ。

「ありがとうございます。大切に使います」

「この程度、大したことではない。気にするな」韓九秋は、本棚から一冊の本を抜き取り、春燕に渡した。「これも持って行け」

それは手作りの詩集だった。書き手は他でもない、あの薛友蘭だ。

「かつて彼女が作った詩を書きためたものだ。彼女の人となりを知るのに、これ以上の物は無いだろう」

春燕は何度もお礼を言った。その晩、稽古が終わった後、自室で詩集を開いた。女性らしい柔らかな筆遣いで、五十首ほどの詩が書かれている。不自由な妓女の身分を嘆《なげ》いたもの、散りゆく花の姿を哀れんだもの、不遇な偉人の生涯を悼《いた》んだもの、どの詩も弱い者への憐憫《れんびん》に満ちていて、春燕の心に激しく響いた。本を閉じて、そっと嘆息する。そして薛友蘭の儚《はかな》い人生に想いを馳せた。妓女は、世間的に卑しい職業として知られている。身分をいえば侍女の春燕と殆ど立場は同じだ。彼女は薛友蘭という人物にすっかり共感を覚えていた。

あなたがこの場にいらしたら、どれほどよかったでしょう。秘めていた私の心の内を、何もかも話せたかもしれない。陸様や韓様が争うこともなかったし、崔天明様の屈辱《くつじょく》を晴らせたかもしれない。私のお嬢様だって、お会いすればきっとあなたを好きになったはず……。

主人のことを思い出すと、春燕の心は重く沈んだ。杭州へ来て、もう二カ月になろうとしている。お嬢様の棺《ひつぎ》は、常州に残したままだ。気がかりでならなかった。

数日後、陸破興から思いがけない誘いが来た。

「なあ、天芯。ちょっと常州へ出かけないか?」

「えっ。どうしてです?」

「画を描きに行くのさ。ちょうど長江《ちょうこう》沿いの街並みを題材にしようと思っていてな。それにここ最近、外へ出てないだろう?」

これは願ってもない申し出だった。お嬢様の遺体の安否を確かめられるし、今の春燕にはお金もある。正式な葬儀は無理にせよ、ちょっとしたお供えくらいは出来るだろう。

「わかりました。連れて行ってください」

「よし。船旅になるから、支度はしっかり整えとけよ」

春燕は頷いて、自室に戻った。途中で韓九秋の部屋に立ち寄り、常州へ行くことを伝える。それから、おずおずとつけ加えた。

「もしよかったら、韓様もご一緒に行きませんか」

「奴と一緒に船旅など、とんでもない話だ。吐き気がする」

きっぱりと断ったきり、取り合わなかった。春燕は肩を落として部屋を出た。薛友蘭の代わりに、自分が二人の仲を取り持てればと思っていたが、そう簡単な話ではなかった。

翌朝、春燕は陸破興と共に出発した。運河で北を目指すこと二日、無事に常州へたどり着く。この前来た時はお嬢様の病が心配で、街並みなど殆ど気にかけなかったが、古跡もあり特産品もありと、文化的でなかなか風雅な場所だった。絵を描いたり詩を詠んだりするにはぴったりだ。春燕はしばらく、陸破興に従って街を歩き回った。軽く食事をとった後、陸破興は馴染《なじ》みにしている文房具店に立ち寄り、高価な墨《すみ》と筆を買った。

常州を北へ進めば、広い長江が姿を現す。杭州の銭塘江《せんとうこう》沿いはいつも商船がごった返して賑やかだが、こちらは人もまばらでなごやかな雰囲気が漂っていた。

「ここだ。ここがいい」

しばらく周辺をうろついていた陸破興は、長江と対岸の山河をいい具合に画へ収められそうな場所で、足を止めた。すぐさま画材を取り出して、絵にとりかかろうとする。

一人で出歩くなら今しかない。春燕はさりげない風を装って声をかけた。

「陸様。私、ちょっと買い物に行ってきてもよろしいでしょうか。街を回っていたら、何軒か気になるお店があったんですけど……」

「もちろんいいさ。ゆっくりしてこい。俺の方は、すぐ終わりそうに無いからな」

春燕は早速、前にお嬢様と一緒に泊まった宿『桃花荘《とうかそう》』へ向かった。宿の番頭に来意を告げると、相手も春燕の顔を覚えていた。彼女が戻ってきたことに、心底驚いた様子だった。

「ご主人なら、街外れの古廟《こびょう》できちんと預かっております。ええと、ここから少々離れた『水仙廟《すいせん》』というところです」

春燕は礼を述べ、宿を出た。途中で果物や紙銭を大量に買い込み、街外れを目指す。進むうちに道が怪しくなったので、通りかかった夫人を捕まえ、廟の場所を尋ねた。相手は目を丸くして聞き返した。

「まぁ、あなた、あんなところへ何のご用？　とても不吉なのよ」

「え……どうしてですか？」

「最近、病で行き倒れになって死んだ娘さんの棺が置かれてるんですって。何でも、付き人だった下女がいたのに、見捨てられたそうじゃない。可哀想《かわいそう》にね……。酷い死に方をしたから、きっと恨みが残ってるって、街じゃよく噂しているのよ」

春燕は衝撃を受け、無意識に供物の入った籠を背中へ隠した。短く礼を述べ、そそくさとその場を立ち去る。

主人を見捨てた下女……。頭を垂れながら、春燕はぼんやり歩き続けた。常州の人達は、そんな風に思っていたんだ。お嬢様が亡くなった日の光景が、次々と脳裏に蘇《よみがえ》ってくる。起こった出来事だけを見れば、確かにそうだ。私はお嬢様を最後まで守れなかった。そして遺体を置いて立ち去ってしまった。見殺し以外の何だっていうんだろう。結局、ここへ戻ってきてもちゃんとした葬式が出来るわけではない。罪悪感が胸に満ちた。

とぼとぼ進むうち、水仙廟に着いた。無人だが、近所の寺にいる僧達がしっかり管理しているそうで、見てくれはそこそこ綺麗だった。

廟内には、急拵《ごしら》えの棺が一つ、ぽつねんと置かれている。

「お嬢様……！」

春燕はその前に膝《ひざ》をついて泣き出した。

やっと……やっと戻ってこられた。話したいことが山ほどある。数カ月離れていただけとはいえ、春燕には長すぎる時間だった。

棺の上には埃《ほこり》が積もっていた。僧達も掃除まで気が回らなかったのだろう。春燕は裏手の井戸から水を汲《く》んで、棺の汚れを洗い流した。それから果物を供え、紙銭を何枚も焼く。

涙を流し続けながら、ぽつぽつと語り出した。

「お嬢様、本当に申し訳ありません。崔天明様の助けは得られませんでした。私、結局お嬢様の名前をお借りして、崔様の弟子だったお二人のもとで修行を続けています。きっと家伝の剣術を完成させて、金陵《きんりょう》大会で斐家の仇を討ってみせますから……」

春燕は拳《こぶし》を握り締めた。改めて、自分の使命を強く確信した。金陵大会に出て、段玉鴻親子の悪事を暴く――これしか、斐家に報いる術《すべ》はない。

なかなかその場を離れがたく、春燕は棺を前に長いこと座り込んでいた。

秋風が廟の中へ注ぎ込むと、どこか懐かしい匂いと肌触りがした。肌寒い季節になると、お嬢様と一緒に屋敷の庭で火を焚《た》いて稽古したっけ……。

春燕は思い出に浸った。あれは五年前の秋だったろうか。お嬢様と二人で、剣筆家としての夢を語り合ったことがある。

確か、お嬢様はこんな話をしていた。

『父上は昔、宮中の皇族様と剣筆の技を磨いたことがあるそうよ。剣筆家の最高峰は、梨《り》園《えん》にこそあるとよく仰ってたわ。宮廷で皇帝陛下の専属として、技を披露するんですって』

『夢みたいなお話ですね。お嬢様は行きたいですか?』

『そうね。私がそんな高みまでたどり着けたら、父上はとても喜ぶでしょうね。どのみち、私は名家に生まれたんだもの。行けるところまで行かなくちゃ。まずは剣法をしっかり学んで、壇師《だんし》にならなきゃ駄目だけど。あなたは？』

『私なんて、お嬢様の練習相手のために剣筆を学ばせていただいてるだけですよ。壇師でさえ無理なのに、梨園なんてとんでもない』

春燕が首を振ると、お嬢様は笑った。

『そんなの、わからないじゃない。我が大明の太祖様は、ただの平民から皇帝になられたのよ。下女が梨園入りしたって、少しもおかしくなんか無いわ……』

春燕は俯いて、涙ぐんだ。二人で剣筆の稽古をすることも、将来の夢を語り合うことも、今はもう出来ない。斐家の血筋は絶えてしまった。

もし仇討ちを果たせたら……次はどうしよう。斐家の技は、誰かが後世に伝えていかなければならない。少なくとも壇師を目指さなくては。

けれど、自分にその資格があるだろうか。覚悟や準備が出来ているだろうか。

近頃は、気がつくといつもそのことを考えてしまう。韓九秋から崔天明の過去を聞いて以来、ずっと頭を離れないのだ。

斐家は長年続いた剣筆の名門だ。その技と歴史を、一介の侍女が受け継ぐなんて、世間から冷ややかな目で見られはしないだろうか。薛友蘭、陸破輿、韓九秋のように優れた腕前の人々さえ、結局技を継承出来ずにいる。身分でいえば、友蘭も自分と同じく卑しかったが、杭州でも一流の名妓と、お屋敷に仕えるただの侍女では、とても同列に語れない。

考えるほどに、自分自身が名門の跡継ぎに相応しくない気がするのだった。同時に、不安と迷いも大きくなっていく。

春燕はかぶりを振った。今はあれこれ悩んだって仕方ない。考え過ぎるのは毒だ。ともかく仇討ちを果たさなければ。そうしなければ、壇師も梨園も無い。

やがて、日が傾き始めた。去り難い気持ちは強かったが、そろそろ行かなければならない。

「いずれまた、参ります。どうか、私のことをお守りください」

棺の前で何度も叩頭《こうとう》し、ようやく廟を出た。

泣きすぎたせいで、すっかり目元がはれている。こんな姿を陸破興に見られたらまずい。春燕は近くの川で顔を洗い、十分に気持ちを落ち着かせてから戻った。ちょうど、陸破興は画材を片づけているところだった。

「絵は完成したんですか？」

「いや、まだだ。あと二日くらい、ここに留まることになりそうだな」

余程の自信作らしい。二人は宿を探して、別々の部屋をとった。

春燕はなかなか寝つけなかった。棺に眠るお嬢様の無念を思うと、気持ちが高ぶってしまう。のんびり休んでいることに耐えられない。とうとう布団から起きあがって、剣の稽古を始めた。闇の中を青い剣光が激しくちらつき、燭台《しょくだい》に燈《とも》る炎を揺らした。

　強くならなきゃ。もっと、もっと強く。


　陸破興の水墨画は、三日目でようやく出来上がった。

「どうだ？　なかなかのもんだろう？」

　春燕は彼が広げてみせた画をのぞき込んだ。手前に長江が広がり、奥には山と旧跡、それに現在の港町が描かれている。画に詳しくない春燕でも、そこに込められた意図は理解出来た。陸破興は一枚の絵の中で、歴史の流れを表現しているのだ。墨の濃淡をうまく用い、山は薄く、街は濃く描かれている。長い時を経《へ》て変化していく対岸の景色と、いつまでも同じ姿を保つ長江の姿が、いい対比になっていた。実に詩人らしい味わいを含んだ名画だった。

　春燕は見れば見るほど吸い込まれて、感嘆しながら言った。

「とても……素敵です。あの、すみません。もっと気の利いたことが言えればいいんですけど」

陸破興が画を巻き取りながら笑った。

「ははは、小難しい批評をする連中より、そういう素直な言葉の方が俺には嬉《うれ》しいよ。さて、目的も果たしたし、杭州へ帰るとしようか」

「はい」

帰りも船だ。下りなので、往路よりもよく進む。二人は城内に寄り、絵を画商に納品した。店の主人は絵の出来映えを絶賛して、これなら高く売れると請け合ってくれた。陸破興が喜んだのは言うまでもない。

街中で衝天剣門の門人らしき人間と何度かすれ違ったが、春燕を見咎める者はいなかった。春燕にしても、もう彼らと関わりたくなかったし、願ったりかなったりだった。

『脂薇荘』への帰り道の途中、二人は綺麗な海棠《かいどう》の花が咲いているのを見つけた。陸破興が馬車を降り、枝ごと手折《たお》って戻ってくる。彼はそれを丁寧に油紙へ包んだ。

誰に贈る花だろう。見ていた春燕は、考えるうちに合点がいった。

「あっ、もしかして薛友蘭様のお墓にお供えするんですか？」

口にした途端、しまったと思った。陸破興は一瞬、訝《いぶか》しんだものの、すぐに微笑んで言った。

「九秋の奴から聞いたのか？」

「あの、えっと……はい」

「長居すりゃ、いずれ知るだろうとは思ったが」陸破興はやや顔をしかめた。「あいつ、俺をぼろくそに言ってたろう」

「いいえ、そんなことは」

「いいんだ。友蘭が出て行った原因は、俺の方が大きいからな」

「え……？」

「なんだ、あいつ、そういう肝心なところは言ってねえのか。どういうつもりなんだか」

しばしためらってから、彼は続けた。

「初めて『脂薇荘』へ来た時、俺は杭州の街で友蘭の悪い噂を耳にしてたんだ。淫乱で強欲な妓女だってな。それで、彼女に会うなり……俺は激しく罵った。いくら腕前がよかろうと、あんたみたいな人間が師匠の技を継ぐのは許せないと。事実が衝天剣門のでたらめだったと気づいた時には、もう遅すぎた。師匠の跡継ぎに一番相応しかったのは、間違いなく友蘭だったのに、俺は彼女を傷つけ、追い込んだんだ……」

突然の告白に驚き、春燕は整理されていない言葉で必死に訴えた。

「その……韓様は、薛様がはなから崔天明様の後を継ぐつもりがなかったと仰ってました。だから、陸様が悪いんじゃありません。私も、それを信じてます。悪いのは、でたらめをばらまいた衝天剣門の方です」

「ありがとうな。そう言ってくれるだけでも嬉しいよ」

陸破興の表情が和《やわ》らいだので、春燕はさらにつけ加えた。

「それに韓様は、陸様を褒めていらっしゃいました。画の才能は本物だって」

「はぁ？　本当か？」陸破興は疑わしげに聞き返し、腕を組みながらぶつぶつ呟《つぶや》いた。

「まあ……、そりゃ画の技量はあいつに批判されるいわれも無いが……。しかし、褒めただって？　あいつ、お前の前だから調子のいいことを口にしたんじゃないだろうな？」

「褒めてました。間違いありません」

「まぁ……お前がそう言うなら、信じておくとするか」陸破興は微笑んで続けた。「お前が脂薇荘で助けを求めてきた日に、思ったんだ。友蘭にした過《あやま》ちを償う、何よりの機会だってな。だから、俺が出来る限りのことをしてやりたいと思ってる。仇討ちを、きっと果たせるようにな」

春燕の笑みが強張《こわば》った。

――違います、陸様。私は薛様と比べてもらえるほど立派な人間じゃありません。私は、ただの――。

またしても、重圧が心にのしかかってきた。自分は斐家の跡継ぎには、とても相応しくない。どうすれば相応しくなれるのかも、わからない。

彼女は顔を背け、俯いた。

蛇《へび》のように小さかった不安は、いまや龍ほどに成長し、彼女の心の中で毒をまき散らしていた。


翌日から、春燕はより厳しい稽古を自分に課した。斐天芯お嬢様に会ったことで、斐家の無念や、段親子に対する恨みがぶり返している。何より、修行をきつくするのが、日々大きくなる不安を払拭《ふっしょく》する唯一の手段だった。一日でも早く、剣法を完璧にしたかった。

春燕はその日、垓下剣法秘伝書の後半へ進んだ。お嬢様と一緒に修行していた頃は、到達出来なかった内容だ。ここから先は一段と技が難しくなる。杭州へ来て二カ月、自分の進歩を実感していた春燕は、臆することなく挑んだ。

けれども、修行を始めて五日ばかりで、早くも壁にぶつかってしまった。技が難解で、動きをなぞるだけでも難しい。何度やってもうまくいかなかった。陸破興は相変わらず、間接的な指導を続けてくれたが、それだけでは解決出来ないことが多過ぎた。独学では、とても学びきれない。

ある晩、陸破興と韓九秋の口論が聞こえた。

「前にも言ったはずだぞ。貴様の中途半端な指導で修得出来るほど甘くはないとな」

「そうやって外様でほざいてるお前はどうなんだ？　天芯の気持ちを少しだって考えたことがあるのか？」

春燕は袖《そで》の中で拳を握った。本当は、二人を師匠と仰ぎ、直接技を教えてもらいたかった。けれど、そのせいで二人に争いの種をもたらしてしまうのは辛い。

――少しずつやっていくしかない。私はお二人や薛様のように、大した剣筆の才能があるわけじゃないんだから。

割り切って、根気強く修行を続けた。結局、大きな進歩が無いまま、また一カ月が過ぎた。

満月の晩。夕食の後で、陸破興と韓九秋がささやかな供物を用意して、薛友蘭の墓へ向かう姿が見えた。

春燕はお嬢様のことを思った。棺を訪ねてから、はや一カ月になる。そろそろ果物を取り替えて、紙銭を焼かなければ。かといって、気軽に一人で常州まで行けるはずもない。

頭を捻《ひね》った末に、ようやく一つの案が浮かぶ。春燕は机に向かい、手紙をしたためた。いくらか心付けの銭を入れて、しっかり封をする。宛先《あて》は『桃花荘』の番頭だ。自分の代わりに、お嬢様のお参りを頼むことにしたのだった。

そして翌朝、こっそり街へ出て、港町の商人に手紙を渡した。これでいい。あの番頭は親切だったから、きっと頼みも聞いてくれるだろう。用事を済ませて安堵した春燕は、真っ直ぐ屋敷へ戻ろうとした。

ところが――。

「久しぶりだな」

声をかけられ、思わず振り向く。

そこにいたのは、あの衝天剣門の弟子・宋華卿だった。春燕は驚いて、数歩後ずさった。

「あ、あなたは……」

「ふん。まるで悪党でも見るような態度だな。俺がお前に何をした?」

相手は敵意むき出しだった。これはいい兆候ではない。春燕はすぐにその場を立ち去ろうとした。

「すみません。急いでいるんです」

「ほう、そうか。引き留めて悪かったな。だが、これを見てもすぐに帰りたがるかな?」

せせら笑った宋華卿は、懐から一本の巻物を取り出した。紐《ひも》を解いて、中身を大きく広げる。

「そ、それ――」

春燕は驚きに目を見開いた。間違いない。あの日、常州で陸破興が描いた山水画だったのだ。それがどうして、宋華卿の手にあるのだろう？　わけがわからず、茫然《ぼうぜん》と呟く。

「なんで、あなたが……」

「はは、盗んだりするものか。もちろん金を出して買ったのさ。素人《しろうと》にしては、まあ見れないことも無い画だな。もっとも、三十両の価値があるとはとても思えないが」

尊敬する陸破興を馬鹿にされ、春燕は怒りを覚えた。

「あ、あなたに何がわかるんです。それは、とても立派な画です」

「ふん。師匠の推測通りだな。やはり杭州外れにいる崔天明の一門と通じていたか。でなけりゃ、こんなつまらん画の一枚ごときに、そこまで必死になりはしないさ」

言いながら、両手で画をつまみ、一気に引き裂こうとする。

「何するんですか！」

仰天して、思わず手を伸ばした。しかし、宋華卿は素早く身をかわしてあざ笑った。

「この画を買ったのは俺なんだぞ。飾ろうが破ろうが、俺の勝手だろう。お前に何の関わりがある？」

「そんな……」

口下手《くちべた》な春燕は、咄嗟に言い返すことも出来ず、ただ呆然《ぼうぜん》と宋華卿の手中にある画を見つめた。どうやったら破られずに済むだろう？　宋華卿が鼻を鳴らして言った。

「随分と物欲しそうじゃないか。俺が弟子に誘った時は、そんな表情一つ見せなかったな。それほど大事なら、画の一枚くらい、ただでくれてやる。ただし、条件つきだがな」

条件と聞いて、いい予感はしなかった。こんなのとても自分一人の手に負える状況ではない。かといって、今ここから逃げたら、この宋華卿のこと、何の躊躇《ちゅうちょ》もなく画をばらばらにしてしまうだろう。春燕は、及び腰で尋ねた。

「条件って、何ですか？」

「ついてこい」

春燕の返事も待たず、宋華卿はすたすた歩き出した。躊躇していたら、画は取り戻せなくなる。行先に不安を感じつつも、やむなく後を追った。

彼は人気《ひとけ》のない裏路地に入っていった。奥は行き止まりで、四、五人の衝天剣門の弟子がいる。そのうち一人は、あの憎らしい遜という男弟子だ。春燕の姿を見るなり、口端を意地悪く持ち上げた。

気が気ではなかった。宋華卿一人とやり合うだけでも嫌だったのに、大勢の男弟子を前にして、一層気持ちが萎縮《いしゅく》してしまう。

宋華卿は画を遜に投げ渡すと、彼女へ向き直って切り出した。

「条件というのは簡単だ。俺と剣筆で試合をしてもらう」

思いがけない話だった。春燕は戸惑いながら答えた。

「で、でも、あなたと戦う理由なんて」

「あるさ。お前は衝天剣門を、入門にも値しない道場だと馬鹿にした。そんな輩は許しておけない。これが理由の一つだ。そしてお前は、我々に敵対する崔天明の身内と繋がりがある。これが二つ目の理由だ」

「試合なんかして、どうしたいんです？」

「白黒をつけたいのさ。お前が勝てば、この画は返すし、二度とちょっかいは出さない。負ければ、衝天剣門の道場に来て、自分の間違いを謝罪してもらう。そして、崔天明が悪人だったことを認めるんだ」

無茶苦茶な条件を出されて、春燕はすっかり弱り果てた。崔天明と秦瀟海が決闘した時と同じだ。これが彼らのやり口なのだろう。公平な勝負を挑んでくるとは限らないし、約束だって守らないかもしれない。とても受ける気にはなれなかった。

「あなた達の話なんて、信用出来ません。崔様の件だって――」

「俺と師匠が何の嘘をついた？　崔天明が色魔の愚か者だということは、この杭州における厳然たる事実だ。どこにも間違いはない」

「そ、それは、あなた達が勝手に仕立てたんじゃ……」

「そう言い張るなら、俺と勝負をするんだな。勝った方に真実を話す資格がある」

春燕は歯嚙《が》みして答えなかった。口ではとても勝てない。周りの弟子達が、ここぞとばかりに野次を飛ばす。

「どうした？　怖《お》じ気《け》づいたのかよ？」

「少し詩を知ってるくらいで、お高くとまりやがって！」

「所詮《しょせん》、崔天明の弟子なんてこんなものさ！」

それでも春燕が黙っていると、宋華卿が目で遜に合図を送った。弟弟子がにやりと笑って、巻物を二つに折り曲げようとする。

「な、何するの！　やめてよ！」

「どうするんだ？　勝負を受けるのか？」

宋華卿が凄む。

春燕は手のひらに血が滲《にじ》むほど強く、拳を握り締めた。斐家に仕えていた時も、こんな風によく段素桂から虐められた。言い返しもならず、いつも陰で泣くばかりだった。あれから、自分は何一つ変わってない。どうしてこんなに意気地無しなんだろう。陸様の大事な画が引き裂かれそうなのを見ても、決闘の決断一つ出来ないなんて。今のままじゃ、お嬢様の仇討ちだって果たせるはずがない。

斐家のことに思い至り、ようやく勇気を絞り出せた。春燕は、なるべく真っ直ぐに宋華卿を見据えた。それから、精一杯声が震えないよう努めながら、言った。

「……誰と、戦えばいいいんですか？」

「無論、俺だ」

すると、遜が威勢よく進み出た。

「へん。兄貴がわざわざ相手をするまでもねえ。お前みたいな女、俺で十分だ」

「遜、お前は下がれ」

「でも、兄貴——」

「下がれと言っている！」

宋華卿が怒鳴ると、遜はぎくりとして後ずさった。

「この娘は散々俺の顔を潰してくれたからな。この手で倒さなければ、気が済まん」

瞳に獰猛《どうもう》な光を宿し、春燕を睨《にら》んだ。

「剣筆の試合をした経験はあるだろうな？」

ごくりと唾《つば》を飲み、春燕は小さく頷いた。お嬢様と模擬試合を何度かやったことがあるけれど、真剣勝負の経験は無い。とはいえ、もう引き下がれなかった。

「よし。それならいい。時期は七日後の正午。場所は衝天剣門の稽古場だ。審判は外の人間を雇うとしよう。安心しろ。公平な試合で、お前を叩き潰してやるさ」


その後、脂薇荘にどうやって戻ったのか、春燕はよく覚えていなかった。気がつくと、門前までたどり着いていた。まるで何日も歩き通しだったような疲れを感じる。喉《のど》が渇いていたし、手足も頭も重い。

門をくぐった途端、誰かに呼びかけられた。振り向くと、韓九秋が厳しい面持ちで立っている。

「来い」

春燕は韓九秋の部屋に通された。彼は扉を閉め、春燕に向き直ると言った。

「今朝、お前が衝天剣門の弟子達と裏路地から出てくるのを見たのだ。一体、何があった？」

どうやら、全てを見られたわけではないらしい。春燕は、陸破興の画をだしに、宋華卿から決闘を挑まれたのだと話した。

「あれほど一人で街を出歩かないよう言ったはずだぞ」

春燕は、韓九秋がこれほど自分の身を案じていてくれたことに、感謝と申し訳なさを感じた。

「す、すみません。私——」

「理由は別にどうでもよい。今は、決闘の方が大事だ」彼は腕を組み、しばし黙考してから続けた。「わざわざ公平な試合をすると言い放ったのは、必勝の自信があるからだろう。あの宋華卿という弟子、柳孤鶴から目をかけられているだけあって技量はなかなかのものだ。お前はこの杭州へ来てもう三カ月になり、かなり実力を上げたが……今のところ、勝ち目は四分か五分といったところだ。たやすく負けはすまいが、容易に勝つことも出来ん」

春燕は俯いた。宋華卿の技のほどは、街で一度見ている。確かに若手の弟子達の中でも、飛び抜けた実力者だ。

——私、もしかして相手の技量も見極められずに、無謀な戦いを挑んでしまったんだろうか。

すっかり気弱になりかけた時、韓九秋がふっと笑みを浮かべた。

「とはいえ、一流の剣筆家を目指すつもりなら、お前もまだまだ強くならねばならん。あの男と戦うのは、またとない修行の機会といえる」

「でも、勝ち目が半分も無いんじゃ……」

「だからこそ、戦うための準備が必要だ。これから七日間、私と模擬試合をしないか」

　春燕ははっと顔を上げた。

「わ、私を、指導していただけるんですか？」

「指導ではない。試合をするだけだ」

　韓九秋はきっぱりと言った。

「もしお前にその気があるなら、夜中に裏庭へ来い。ただし試合のことも含め、破興には黙っておけ。余計な口を挟まれるのはごめんなのでな」


　いくつかの疑問は残しながらも、春燕は日中を普段通りに過ごした。陸破興には、結局何もかも黙ったままだった。話すべきか迷ったが、思わしくない結果を招く気がした。黙っていろという約束を破れば韓九秋が気分を害するだろうし、陸破興も鷹揚《おうよう》な性格だから、自分の画のために決闘などするなと言うだろう。

何より、春燕には韓九秋の言葉がしっくりきていた。宋華卿との決闘は、立派な剣筆家となるため、斐家の仇討ちを果たすため越えなければならない壁なのだと。もしそこから逃げてしまったら、今より強くなれない気がする。だから、戦わなくては。

夜中。春燕は支度を整えると、剣を手に裏庭へやってきた。韓九秋は、既《すで》にそこで待っていた。

「来たか。早速始めるぞ」

庭には二つの岩紙が並び、その間に卓が置かれている。卓上には小さな壺《つぼ》があった。中にはいくつかの詩箋《しせん》（詩を書いた紙）が入っている。試合では、審判がそこから無作為に抜き取った詩をお題として、剣筆家が互いの技を競うのだ。

韓九秋は厳しい声で告げた。

「正式な試合と同じ方式で行う。私は手加減するつもりはない。お前も全力で来い」

韓九秋と春燕は互いに向き合うと、剣を逆手に捧げ持ち、深く一礼した。審判がいないので、韓九秋が壺から詩箋を掴み取り、題を読み上げた。

「魚玄機《ぎよげんき》の七言絶句《しちごんぜつく》『秋怨《しゆうえん》』」

魚玄機は唐の有名な女流詩人だ。春燕は頭の中で『秋怨』の句を素早く反芻《はんすう》し、どんな風に描こうか思いをめぐらせた。

「始め！」

韓九秋の声と同時に、二人は剣を岩紙へ突き立てた。使うのは同じ垓下剣法だ。

春燕は言われた通り、最初から全力で試合に臨んだ。が、実力の差を早々に思い知らされることになった。技の勢いも、正確さもまるで敵わない。自分がようやく一句を刻む間に、韓九秋はもう三句目へ進んでいる。焦って技の速度を上げたけれども、到底追いつけなかった。

最後の一句を終えると、疲労でその場に膝をついた。完成を急いだ二句目の途中から、明らかに剣法が乱れている。字の掘りが浅くなり、形も粗《あら》い。こんな出来映えでは、韓九秋と比べるまでもなかった。『快《かい》』『巧《こう》』『麗《れい》』『和《わ》』『志《し》』どれをとっても劣っている。

「次だ。休まず続けるぞ」

韓九秋が壺から新たな詩箋を抜き出す。李商隠《りしょういん》の『隋宮《ずいきゅう》』だ。岩紙を取り替え、再び詩を刻み始める。ちらっと韓九秋の方を見て、春燕はぎょっとした。剣法が先程とまるで違う。しかも彼が使っているのは、衝天剣門の『煙雨剣法《えんうけんぽう》』そっくりだった。思わず気が散りそうになり、春燕は慌てて自分の岩紙へ意識を戻した。

二人は続けて十戦ばかり試合を行った。韓九秋が五、六種類の剣法を使い分けると、春燕は毎回まったく違う相手と戦っているように錯覚した。ずっと全力で挑んだせいだろうか。疲れも尋常ではなく、最後の試合が終わった後、彼女はその場にぐったり座り込んで、しばらく立てなかった。

韓九秋は淡々と言い渡した。

「今日はここまでだ。また明日来い」


翌日も、その翌日も、春燕はひたすら韓九秋と試合を繰り返した。

最初のうちは、実力の伸びている確信が無かった。果たして、これだけで試合に間に合うだろうか。

ところが、四日目になって気がついた。以前は難しくて出来なかった技が、自然と使いこなせるようになっていたのだ。身体《からだ》が自由自在に動き、剣を振るう速度も上がっていた。

「成果が現れてきたようだな」

試合の後で、韓九秋がそう言った。まだ事態を飲み込めていない春燕は、困惑気味に答えた。

「私も不思議なんです。一人で練習していた時は、秘伝書後半の技は全然うまく使えなかったのに」

「道理そのものは単純だ。字を知っているだけで、良い文章を書くことは出来ない。調理法を知っているだけで、人前に出せる名菜は作れない。お前はここへ来て数カ月、剣法の稽古は熱心にやってきた。しかし、稽古は所詮稽古、試合とは違う。技というのは、実戦の中で磨いてこそ真の完成に近づく」

ようやく、春燕も得心がいった。確かに、模擬試合を繰り返すことで、日頃練習していた剣法の型に込められた意味がそれまで以上にわかり、演舞へ上手《うま》く落とし込めるようになった気がする。韓九秋は、陸破興の指導に足りなかった部分を見事に補ってくれたのだ。

春燕は進歩を感じて、心が躍《おど》った。

「ありがとうございます。私、ようやくわかりました」

「お前は、もともと剣筆の才能がある。だからこそ、ほんの少し実戦を繰り返しただけで成果が出てきたのだ。あと二日もやれば、あの宋華卿相手でも八割がたは勝てる」

「ほ、本当ですか?」

半信半疑で聞き返す。

「無論だ。自分より格上の剣筆家と戦うほど、実力の伸びしろは大きい。加えて、私は六種類の剣術を使い分けてお前の相手をした。様々な相手と戦うことも、経験を積むうえで重要だ。例えば、さっきの試合を思い出してみろ。『涼州詞《りょうしゅうし》』の詩を刻む際、私は派手な型を使ったが、お前はどう対応した？」

「垓下剣法の『我何渡為《がかとい》』を使いました。韓様の方が私より実力はずっと上ですから、同じように派手な型を使ったら、剣舞の見栄えで勝負にならないと思ったんです。だから、あえて柔らかい感じがする『我何渡為』の型にしました。『涼州詞』は戦《いくさ》の激しさと、辺境の寂しさを詠んでいますから、韓様が派手な技で苛烈《かれつ》な戦を表現するなら、私は辺境の雰囲気を再現しようって……」

「よい判断だ。それもまた成果の一つだぞ。同じ題の詩でも、剣筆家次第で刻み方、見せ方は大きく変わる。技の選択の見極めも、実戦を通さなければ得られない経験なのだ」

春燕は韓九秋の心遣いに感謝した。彼はとても細かいところまで考え抜き、自分を鍛えてくれたのだ。

韓九秋が再び彫書剣を構えた。月光が刃を青く照らす。

「さて、まだ三日ある。残りでどこまでお前の力が引き出せるか、試してみるとしよう」

「はい！」

三、折れた彫書剣

とうとう決闘の日は来た。

春燕《しゅんえん》と韓九秋《かんきゅうしゅう》は朝早くに起きて、出かける支度を済ませた。

緊張で体が震えている。出がけに、韓九秋が優しく肩を叩き、励ましの言葉をかけてくれた。

「安心しろ。師弟でない以上、そばで決闘に立ち会うことは出来ないが、何かあった時はすぐ駆けつけられる場所にいる」

「はい。ありがとうございます」

二人は杭州《こうしゅう》の街へ向かった。

空模様はどんよりして、今にも雨が降りそうな雰囲気だった。どことなく不安が募ると、春燕は無理矢理気持ちを引き締めた。やれるだけのことはやったのだ。何より、韓九秋が勝てると請《う》け合ってくれた。それを信じて、全力を尽くすしかない。

韓九秋は春燕を連れて、三階立ての楼閣《ろうかく》にあがった。窓辺の席に陣取り、茶と料理を注文する。外に目をやると、衝天剣門《しょうてんけんもん》の道場をはっきり見ることが出来た。ここならば決闘の様子も把握《はあく》しやすい。

それから、春燕は運ばれてきた料理をゆっくり味わい、温かい茶を飲んで、時間が過ぎるのを待った。韓九秋もとりとめのない話で、気を紛らわせてくれる。

やがて、正午が近づいてきた。彫書剣《ちょうしょけん》を手に、春燕が席を立つ。

「それでは、行ってきます」

「思う存分腕を振るってこい。正攻法の試合ならば、宋華卿《そうかきょう》は決してお前を打ち破れない」

「はい」

春燕は楼を下りた。外はすっかり人で溢《あふ》れ、いつもの賑わいを見せている。

不意に、通りの先から女性の訴える声がした。

「お願いです！　お許しください！」

春燕はぎくりとした。見れば、少し行ったところにある小間物店の前に人だかりが出来ている。何が起こっているのだろう。衝天剣門の道場へ行くには、この道をどうしても進まなくてはならない。そそくさと通り過ぎようとしたが、春燕はちらりとその光景を見てしまった。

そして、表情を凍りつかせた。

若い娘が、店の柱に縄で縛りつけられている。歳《とし》は春燕とそう変わらない。貧しい身なりからして、恐らく店で雇われている侍女だろう。すぐ横では、でっぷり肥《こ》えた婦人が、怒りに満ちた形相で鞭《むち》を振るっていた。娘の着物はすっかり破れ、顔や腕にみみずのような腫《は》れ痕《あと》がいくつもあった。

婦人が娘の体をぴしゃりと鞭打ち、怒鳴りつける。

「この馬鹿《ばか》娘、卑《いや》しい侍女のくせに、人様の亭主を盗みやがって！　子供でもこさえて、家ごと乗っ取ろうというのかい！」

「違います……あたくし、何もしていません。本当です……」

涙ながらに訴えると、婦人はますます顔を赤くして、何度も娘を叩いた。叩きながら、唾《つば》を飛ばして口汚く罵《ののし》る。

「この恩知らずの奴隷《どれい》！　裏切り者！　どの口開いてそんなことを言うんだい！　あたしが知らないとでも思ってるの。お前は亭主だけじゃ飽きたらず。金庫にあった銀も盗んだね！　大した泥棒だよ！」

「ぬ、盗んでいません！　あれは、旦那《だんな》様が私にくださったのです……」

「それを泥棒というんだよ！　旦那様と言えば、何でも通ると思ったかい！」婦人は娘の髪を鷲掴《わしづか》んで、乱暴に引っ張った。「ほら、お前の憎らしい顔を、よく見せるんだよ！　街の連中全員に覚えてもらうんだ！　この先、どこへもお前の行き場所がなくなるようにね！」

春燕は全身が震えて動けなかった。卑しい奴隷、恩知らず、泥棒……。赤の他人のことなのに、恐ろしいほどの罪悪感が胸を突き抜けていった。

――違う、私は違う。人に恥じる行いなんか、何もしていない。

――でも、嘘《うそ》をついたことは？　優しくしてくれる韓様や陸《りく》様を、私はいまだに騙《だま》し続けてる。斐《ひ》家の技だって、お嬢様が遺言してくれただけで、正式に継承する資格を持っていたわけじゃない。これは、泥棒と言えないだろうか？

周りで見物していた人々は、婦人の話を信じたようだ。口々に侍女を罵り始め、物を投げつける者までいた。

娘は泣きながら、叫び続けていた。

「助けてください。誰か、助けて……！」

春燕は無意識に後ずさり、逃げるようにその場を立ち去った。頭がじんじん痛み、吐き気がした。

いけない。大事な決闘の前なのに、こんなに動揺するなんて。

物陰《ものかげ》に入って、何度も深く呼吸をする。今見た光景を、必死に頭から押しやった。

——私は何も見ていない。あれは、私と何の関係もない……。

ようやく心を落ち着けると、急いで衝天剣門の道場へ向かう。危うく、約束の正午に遅れるところだった。

道場の門をくぐると、宋華卿をはじめとする若い弟子達が稽古《けいこ》場で待ちかまえていた。数十の視線が、一斉に敵意を向けてくる。春燕は思わず気圧《けお》されそうになったが、近くで韓九秋が見守ってくれているのを思い出し、気持ちを奮《ふる》い立たせた。

宋華卿が、冷ややかな笑みを浮かべて進み出た。

「ほう、よく来たな。逃げなかったことは褒めてやる」

何か言い返したかったが、春燕は結局黙っていた。もともと口喧嘩《げんか》は苦手だし、余計なことを言って相手を調子づかせるのもよくない。何より、自分は剣筆《けんひつ》の勝負に来たのだ。戦いはそちらで決着をつければいい。

宋華卿は、背後に控えている年輩の男を示した。

「こちらは杭州でも有名な剣筆家・周大然《しゅうだいぜん》先生だ。我々の決闘の立ち会いをしてくれる」

周と呼ばれた男は、小さく微笑《ほほえ》んで一礼した。きちんとした身なりの、優しそうな中年書生だ。もっとも、他ならぬ衝天剣門の招いた人間である以上、気安く心を許せなかった。

春燕は心の中で身構え、形式的に礼を返した。

周が咳《せき》払いした。

「では、早速始めるとしよう。試合は三本勝負。正式なやり方と同様に行わせていただく。では両者、岩紙《がんし》の前へ」

衝天剣門の弟子が見守る中、春燕と宋華卿は互いに岩紙の前へ立った。


韓九秋は楼閣で茶をすすりながら、斐天芯《てんしん》と宋華卿の決闘が始まるのを見守っていた。そこへ、足音荒く誰かが近づいてきた。相手が何者かは、振り向くまでもなくわかる。

「ここにいたんだな」

陸破興《はこう》が卓に手を置き、怒りを滲《にじ》ませた声で言う。韓九秋はそっけなく応じた。

「何か用か？」

「朝早く天芯と姿を眩《くら》まして、気がつかないわけがあるか！　一体何をやろうってんだ」

「文句を言われる筋合いはない。お前の尻拭《しりぬぐ》いをしてやったまでだ」

「尻拭いだと？　そいつはどういうわけだ」

韓九秋は茶碗を置き、ようやく陸破興の方を振り向いた。

「お前の画を餌《えさ》にして、衝天剣門の門弟が天芯に絡んだ。そして剣筆の決闘をする羽目になった。相手はあの宋華卿だ」

「何だって？　お前、それなのに天芯を送り出したのか」

韓九秋がふっと笑った。

「確かに、お前が天芯にやっていた半端な指導では、手こずる相手だろう。だからあの娘が勝てるように、少々手伝いをした」

陸破興が顔色を変える。

「まさかお前、あいつに直接技を教えたのか？」

「簡単に誓いは破るものか。ただ模擬試合をして、実戦の経験を積ませただけだ。おかげで、天芯は見違えるほどの腕になった。心配はいらん。今の腕なら、あの宋華卿など相手ではない」

陸破興が鼻を鳴らした。

「模擬試合を繰り返して、実力を引き出したって？　けっ。俺とやった稽古が基礎になければ、引き出す実力だってありゃしなかっただろうが」

悪態をつきながらも、やや怒りはおさまったようだ。少なくとも、韓九秋の言葉に一分の理があると理解したのだろう。そう思えば、こちらも腹は立たない。

陸破興は彼の向かいにどっかり座ると、店の小僧を呼んで酒を持ってこさせた。盃《さかずき》を一杯飲み干し、ぶっきらぼうに言った。

「ふん。まあ試合をするのもいいだろうさ。後には金陵《きんりょう》大会が控えてるからな。衝天剣門程度なら、肩慣らしにもってこいってもんだ」

韓九秋も微《かす》かに頷《うなず》く。

「そういうことだ。つべこべ言わず、黙って見ていればいい」

宋華卿は深く息を吸い、全身に気力をみなぎらせた。彼は衝天剣門が作られて以来、六世代目の弟子になる。小さい頃から厳しい修練に励み、周囲の期待にも応《こた》えてきた。今では若手で最高峰の使い手であり、将来は一門を背負っていくのだという自負もある。衝天剣門に属していることは、何よりの誇りだった。

だからこそ、この娘は断じて許せない。宋華卿はちらりと、彼女を睨《にら》みつけた。何度も衝天剣門を軽んじる態度をとってきた。厚意から弟子に誘ったのに、それをはねつけて彼の面子《めんつ》を傷つけた。そのうえ、一門の敵である崔天明《さいてんめい》の身内だということもわかった。二度と杭州で大きな顔が出来ないよう、徹底的に倒さなければならない。それも、実力でだ。

衝天剣門が杭州第一の道場たる事実をわからせるには、公平な手段で叩きのめす必要がある。だから審判を依頼した周大然にも、私情を挟まず判定するよう、あらかじめ言い渡している。

周大然が卓上の壺《つぼ》から、詩箋《しせん》を抜き取った。

「最初の題はこれだ。唐《とう》の王維《おうい》。五言律詩《ごごんりつし》『山居秋暝《さんきょしゅうめい》』！」

唐代の詩人ならお手の物だ。宋華卿は心中でほくそ笑んだ。とりわけ王維の詩は、幼い頃から読書を重ね、すっかり暗誦《あんしょう》している。

「試合開始！」

宋華卿と娘は、同時に抜剣した。

剣光をほとばしらせ、勢いよく岩紙へ切りつける。はなから手加減するつもりはなかった。一戦目で力の差を見せつけ、相手の戦意を殺《そ》いでやるのだ。すっかり習熟している一門の技を駆使し、素早く、かつ正確に字を刻んでいく。早くも、彼は一句目「空山新雨後」を書き上げ、二句目に進んだ。「天気晩来秋」の晩の字までを終えたその時――。

「明月――松間《しょうかん》に――」

緩やかだが、はっきりとした吟声《ぎんせい》。宋華卿はぎょっとした。娘が吟じているのは三句目、いつの間にか自分を追い越している。剣筆の勝敗は、ただ綺麗《きれい》な字を刻むだけではなく、様々な要素から成り立つ。快《かい》——即《すなわ》ち、書き上げる速さも、その一つだ。娘が自分の先を行っていると知り、敵愾《てきがい》心が燃え上がる。彼は即座に技の速度を上げた。『山居秋瞑』は五言律詩、律詩は八句までである。ここからいくらでも逆転は出来るはずだ。

宋華卿の剣が勢いを増すと、周囲の弟子達が歓声を上げげた。瞬《また》く間に娘を追い越し、彼は五句目、六句目へと進む。それでいて、技は殆《ほとん》ど乱れていない。娘の方は、相変わらず自分の速さを保って剣舞を続けていた。

——ふん、気取りやがって。今にどちらが強いかわからせてやる。

宋華卿が先に八句目を終えた。ちらりと見れば、娘はまだ七句目の最後の字を刻んでいる。彼は勝ち誇った笑みを浮かべ、娘の剣舞が終わるのを待った。

やがて、娘の詩も完成した。

周大然が前に出て、二つの字を見比べる。両手には赤と青の旗が握られていた。宋華卿が青、娘は赤だ。掲げられた旗の色で、勝敗が決する。

周大然は、長いこと両者を見比べていた。どこか、決断をためらうような顔色を浮かべて。

宋華卿が苛立《いらだ》たしげに促《うなが》した。

「周先生、どうなさったんです。早く判定をしてください」

うむ、と一声。周大然は、緩やかに旗を振り上げた。

赤の旗を。

これには、宋華卿も、周囲にいた弟子達も息を呑《の》んだ。直後、弟子達の怒号が巻き起こった。

「どういうことだ！　何で兄貴が負けなんだよ」

「そっちの女は技もとろいし、字の掘りだって浅かったわ！」

「わけがわからねえ。先に字を刻みきったのは兄貴の方じゃないか！」

ひとしきり騒ぎ声がおさまると、周大然がなだめるように語り出した。

「宋殿の技は速く『快』については間違いなく、勝っておりました。しかし、途中で速度を上げたために、後半は字の彫りが浅くなり、精彩を欠き、全体の調和も崩れております。一方、こちらのお嬢さんは最初から最後まで一定の速度を保ち、剣舞にも乱れがございません。何より、字体といい、剣術といい、詩の原意を非常によく汲《く》んでおられる。この『山居秋暝』は景色の美しさを詠《よ》んだもの。落ち着いて風情のある剣舞に、柔らかな字体。『志《し》』『和《わ》』『巧《こう》』『麗《れい》』いずれの面でも、お嬢さんの方が優れていたかと……」

一部の隙《すき》も無い評に、弟子達も言葉が無かった。宋華卿は無表情を保っていたが、内心の動揺は激しかった。周大然はやんわりと繕《つくろ》ったものの、明らかに娘の実力が上だと述べている。

彼は必死に頭をめぐらせ、この結果を理解しようとした。

——俺としたことが、娘に勝とうと気負うあまり、詩の表現まで意識しなかった。あまつさえ、速さばかりを気にかけ字体を疎《おろそ》かにするとは。なあに、少し油断しただけだ。勝負はまだ一戦目、ここからいくらでも逆転の余地はある……。

あれこれ理屈をつけ、自分に言い聞かせた。だが、手には冷たい汗が滲む。

——まさか、この俺が負けるというのか？

勝った……。

初めての勝利に、春燕が感じたのは喜びや驚きではなく、安堵《あんど》だった。試合が始まるまでは緊張が酷《ひど》くて、身体《からだ》が思うように動くか心配でたまらなかった。

だけど、やれた。いざ試合になってみると平気だった。これも韓九秋と模擬試合を繰り返したおかげだろう。心も体も、既《すで》に実戦慣れしている。

加えて、審判も公平さを重んじているようだ。春燕の緊張は自然と解けていた。二戦目は、もっと思う存分に戦える。

周大然が次の題を読み上げた。

「南宋《なんそう》の真山民《しんさんみん》『山間秋夜《さんかんしゅうや》』！　では……第二戦始め！」

春燕は彫書剣を構え、一句目の「夜色秋光共一蘭」にとりかかった。予想通り、一戦目よりも体がほぐれ、のびのびと剣が動く。流れるように二句目へと進んだ。

突然、横合いから女の声が飛んだ。

「下手《へた》くそ！　そんな腕で剣筆家のつもり？　宋師兄《しけい》に挑むなんて、百年早いわよ」

春燕はぎょっとした。叫んだのは、観戦している女弟子の一人だ。どうやら、春燕を罵《ば》倒《とう》して兄弟子を援護するつもりらしい。これを皮切りに、弟子達が一斉に騒ぎ出した。

「何だよありゃ。子供の悪戯《いたずら》書きか？」

「猿の方がまだまともな字を刻めるわ！」

あちこちから飛んでくる罵声を、春燕は無視しようと努めた。彼らの意図は見え透いている。集中力を散らし、手元をくるわせるつもりだ。悪口なら、お屋敷で働いていた頃から先輩の侍女達に散々言われてきた。のろま、役立たず、金食い虫……何を言われたって、聞き流せばいいのだ。

春燕が反応しないでいると、罵倒はますます酷くなった。彼女の容姿を馬鹿にしたり、さらには崔天明や陸破興までを持ち出して、あることないこと一緒くたにまき散らす。春燕は唇を噛《か》みしめた。

――聞いちゃ駄目。無視するのよ。この二戦目で勝てば、もう終わりなんだから――。

「卑しい奴隷のくせに！　剣なんか握ってるんじゃないわよ！」

誰が口にしたのかは、わからなかった。多分、口にした当人も、単なる悪口のつもりで、春燕の素性など知らなかったに違いない。

けれど、その罵倒を聞いた瞬間、春燕の頭は真っ白になった。

卑しい……奴隷……。

気がつくと、心は試合の外へ飛んでいた。剣先の動きがくるい、今まさに刻んでいた「立」の最後の一画が、横へ大きく引きのばされる。はっと、我に返った。慌てて剣を引き戻そうとしたが、既に手遅れだ。立の字は、下の一画がのびすぎて、誰の目からも刻み損じたのが明らかだった。

女弟子達が大爆笑した。

「なんて無様なの！」

「垓下剣法《がいかけんぽう》って凄《すご》いのねぇ。勢いがありすぎて、あんなに剣が滑ってしまうんだわ！」

春燕は罵声を振り切り、再び剣舞に集中しようとした。けれど、一度乱れた心はそう簡単に立ち直ってくれない。それどころか、さっき街中で見たあの光景までもが蘇《よみがえ》ってきた。

婦人の怒声、叩かれて泣き叫ぶ侍女の姿……。春燕は激しく首を振った。駄目よ。考えては駄目！

必死に剣を振るい、どうにか詩を刻み終える。宋華卿もやや遅れて、最後の句を書ききった。その態度は悠然としていて、一試合目に負けた直後の焦燥感《しょうそう》は少しも無かった。

周大然が二つの詩を見比べ、即座に青の旗を持ち上げた。衝天剣門の弟子達が揃《そろ》って歓声をあげる。

負けてしまった。でも、まだこれで終わりじゃない。春燕は身を震わせながら、必死に自分へ言い聞かせた。

――大丈夫、私の正体は知られてない。この人達のやり口もよくわかった。もう惑わされるものか。

周大然が最後の題を読み上げた。

「次の題は初唐の張説《ちょうえつ》！　題は『送梁六《そうりょうろく》』！」

春燕は大きく肩を上下させ、息を吸った。剣を握る手に、力がこもる。

「始め！」

春燕と宋華卿が、共に勢いよく剣を突き出す。互いに後がない、最後の勝負だ。二人とも全力だった。

弟子達が、宋華卿への声援と春燕の野次を同時に送る。周大然は咎《とが》めようとしなかった。剣筆の大会でも、対戦者の間で観客の罵倒が飛び交うことはしばしばだ。大した問題だとは考えていないのだろう。韓九秋との実践稽古でもここまでは触れられなかった。

自分の力で乗り越えるしかない。春燕は意思の壁で自分の心をすっぽり覆《おお》い、徹底的に聞こえぬ振りをした。ひたすら剣に意識を集中し、字を刻んでいく。

不意に、一人の女弟子が手を打って叫んだ。

「わかったわ！　あの女、卑しい出自なのよ。崔家の屋敷で働いてる下働きか何かに決まってるわ！」

その言葉は鋭い錐《きり》のように、春燕の心の壁をあっさり刺し貫いた。完全に当たっているわけではないが、まるきり外れでもない。

女弟子達の中で同意が起こり、次々と声が飛ぶ。

「ほんとにそうね。あの貧相な顔を見てごらんなさいよ」

「卑しい女、あんたが剣筆なんかやっていいと思ってるの！　洗濯の竿《さお》でも握ってなさいな」

「名門の剣法は、きちんとした人間が振るうべきなのよ。あんたみたいなのは、はなからお呼びじゃないわ！」

降り注ぐ罵倒は、春燕の胸に容赦《ようしゃ》なくひびを入れた。目の前の決闘に集中出来ない。手足が震え、思うように身体が動かなくなっていく。

——やめて、お願いだから、やめて！

心の悲鳴が、技を乱した。

三句目「不」の字を刻もうと縦に払った剣が、必要以上に岩紙を切り裂いた。縦棒が大きくのびている。これでは、次の字も書けない。書き続けたとしても、この致命的な失敗を取り返すのは、もう無理だった。

春燕はぐったりと、その場に膝《ひざ》をついた。指先から力が抜け、彫書剣が滑り落ちる。

衝天剣門の弟子達の歓声が響き渡った。


「天芯！」

陸破興が悲痛な叫びと共に立ち上がった。彼は怒りに瞳を燃やし、韓九秋の胸ぐらを掴んだ。

「貴様！　一体あいつに何をしたんだ。実戦を積ませただって？　勝てると言っておいて送り出したその結果が、これか！」

だが、韓九秋の動揺は陸破興以上だった。陸破興に乱暴をされても、されるがままになっていた。

「わからん……まさか、こんな結果になるとは。お前も見えていたはずだ。天芯の腕は、宋華卿を上回っていた……」

「馬鹿野郎！　負けは負けだ！　誰のせいでこうなったと思ってるんだ！」

陸破興は韓九秋の身体を床へ投げ出し、酒楼を駆け降りていった。

韓九秋は、まだ呆然《ぼうぜん》としていた。

墨汁《ぼくじゅう》を滲ませたような空から、大粒の雫《しずく》がぽつぽつと絞り出される。ほどなく、雨になった。

春燕は岩紙の前に崩れたまま、身じろぎ一つ出来なかった。

宋華卿が、その前に立った。

「勝負あったな」

はっきりとした声で言い放つ。春燕は相手と向き合う勇気も無く、俯《うつむ》いた。

「約束はもちろん、覚えているな？　おい遜《そん》、やってしまっていいぞ」

春燕ははっと顔を上げた。傍《かたわ》らの逐が待っていましたとばかり、持っていた陸破興の山水画を、力任せに思い切り引き裂いた。のみならず、彼はそれをさらに細かくちぎっては捨て、自分の足でぐしゃぐしゃに踏み潰《つぶ》す。耐え難い光景に、春燕は顔を背けた。

不意に、宋華卿が春燕の足下に落ちていた彫書剣を拾い上げた。

「ふん、大した剣じゃないか。だが、素人《しろうと》が持つにはもったいない代物《しろもの》だな」

いきなり、刃《やいば》の端を摑んで、思い切りねじ曲げる。

春燕は驚愕《きょうがく》した。

「な、何するの！」

宋華卿がせせら笑った。

「我が衝天剣門に刃向かったんだ。画を一枚破いたくらいで、俺の気が済むと思ったのか。これくらいの罰は当然じゃないか？」

「駄目！　やめてったら！」

飛び出しかけた春燕は、左右から伸びてきた弟子達の腕に、素早く押さえつけられた。

たわんだ剣が、きりきりと悲鳴をあげる。

「やめて！　返して！　返してよっ！」

喉《のど》を枯らして、必死に叫んだ。それは、ただの彫書剣じゃない。私のお嬢様の、大事な剣。この世に残されたお嬢様の形見。春燕にとって、最も大切な宝――。

宋華卿が気合い一声、剣はぽきりと真っ二つになった。

春燕の総身は、ぞっと冷たくなった。

折れた剣を、宋華卿が地面へ投げ捨てる。

「こんなところでいいだろう。そいつを放り出せ」

そこへ、穏やかな声が割って入った。

「待ちなさい」

ゆったりとした足取りで老人が近づいてくる。衝天剣門の頭《かしら》、柳孤鶴《りゅうこかく》だった。春燕は一瞬、救われた気がした。弟子達の行き過ぎた行いを、この老人が正してくれるのではないかと思ったのだ。

ところが、出てきたのは予想外の言葉だった。

「剣を折る程度で終わらせてはならぬ。その娘の腕を潰しなさい」

春燕は目を見開いた。彼女を取り押さえていた門弟は「は……」と返事をしたものの、ためらうように師を見返した。柳孤鶴が再び言う。

「聞こえなかったかの？　腕を潰せ。我が衝天剣門へ根拠の無い言いがかりをつけ、身の程知らずにも挑んできたのじゃ。当然、負けたからにはそれ相応の罰を受けてもらわねばの」

口調こそ穏やかだが、言葉は冷酷極まりない。春燕は奈落へ落ちていく気持ちだった。

やはり、この男は衝天剣門の頭だ。優しげな善人の皮を被っていただけなのだ。

ややあって、女弟子の一人が人の頭ほどもある鉄槌《てっつい》を持ってきた。それを見るなり、春燕は青ざめた。体が恐怖に震え出す。あんなもので叩かれたら、骨が粉々になってしまう。二度と剣を握れなくなるだろう。

嫌だ！　やめて！　春燕は弟子達の腕を振りほどこうとした。が、強い力で背中を押され、頭から地面に倒される。雨と入り交じった土が口に入り、苦い味が広がった。四肢《しし》をしっかり押さえ込まれ、どんなにもがいても、足先が土を微かに蹴《け》るばかりだ。

「ほら、大人しく腕を出しやがれ！」

遜が春燕の右手を引っ張り、槌《つち》を持った女弟子の前に差し出す。今にも、鉄槌が振り下ろされようとしていた。

もう駄目だ。何もかも終わりだ。

観念し、ぎゅっと目を瞑《つむ》った瞬間だった。

「待て！」

雨音の中、突如《とつじょ》割って入ってきた声。春燕は自由のきかない体をよじって振り向いた。

影が大股《おおまた》でこちらに近づいてくる。韓九秋が来てくれたのかと思ったが、違った。やってきたのは、陸破興だ。

衝天剣門の弟子達が、侵入者に対して一斉に身構える。陸破興は少しも意に介さず、真っ直ぐ柳孤鶴の前へ来て言った。

「その娘を放してくれないか」

衝天剣門の長は髭《ひげ》の奥でにやりと笑った。

「これは……意外な来客じゃな。この娘は、お前さんの何なのだね」

「同門の弟子だ」

「なるほど。身内を助けに来たわけか。放してくれというのなら考えてもよい。が、見返りに何をしてくれるかの」

「何が欲しい」

「何を出せるのかね？」

「脂薇荘《しびそう》には、あんたの望む物がいくつか転がってるだろう。欲しいものをやる」

「ほお」柳孤鶴は感嘆したような表情になった。「では、崔天明の書庫にある字典を全てくれと言ったら、どうするかね」

春燕は仰天した。脂薇荘には、崔天明が一生かけて集めてきた本をまとめた書庫がある。

その中でも、古代から今に至る字を記録した字典は、一番の宝だった。以前に韓九秋から、字典目当てで脂薇荘にやってくる盗人が大勢いたという話を聞いている。春燕でも中身を見たことはおろか、書庫に入れてもらったことすらない。

そんな大事なものを、自分のためにむざむざ渡すなんて出来ない。まして、この悪党達には。

「駄目です、陸様。私は――」

陸破興が片手をあげて、春燕の言葉を遮《さえぎ》った。

「わかった。明日、持ってこさせよう」

「よろしい」

柳孤鶴は頷き、春燕を放すよう命じた。

雨が、降り続いていた。

陸破興に支えられ、ずぶ濡れの春燕は衝天剣門の道場を出た。懐《ふところ》に、折れてしまった剣を抱えて。

――私、負けたんだ……。

敗北の事実が、体中に重くのしかかる。陸破興の画を取り返せず、お嬢様の形見も壊されてしまった。おまけに脂薇荘の貴重な宝が柳孤鶴の手に渡ってしまう。死へ追い込まれた崔天明や、陥《おとし》れられた薛友蘭《せつゆうらん》の名誉のため、衝天剣門に一矢報《むく》いることも出来なかった。

本当は、勝てたはずの決闘だった。一戦目の時点で、それははっきりわかっていた。だから、負けたのは実力のせいじゃない。

春燕が、自分自身に負けたのだ。衝天剣門の弟子が発した罵倒に惑わされたから。

悔しかった。今になって、どうしようもないほどの悔しさがこみ上げてきた。

──私は何て弱いんだろう。ただの悪口なんかで動揺して、技を乱して。

自分が恨めしい。偽《いつわ》って生きている自分。心の弱い自分が。もっと強ければ、こんなことにならなかった。

しばらく行ったところで、陸破興が声をかけた。

「無事でよかった。怪我《けが》は無いな」

怒りなど微塵《みじん》も無い、優しい声だった。

春燕の中で、何かが壊れた。せき止めていたものが溢れるように、声を放って泣き出していた。

「おい、なんだ、泣くことなんかないじゃないか」

「で、でも……私なんかのために、崔天明様の大事な遺品を」

「物なんかより、お前の腕の方が大事だ」

「でも、韓様が」

韓様はどこにいるんだろう。嗚咽《おえつ》を漏らしながら、ぼんやりと思った。韓九秋は、春燕が勝つと信じて送り出してくれたのに。そんな彼の期待も裏切ってしまった。心が重く沈んだ。

「気にすんな。事情を話せば、あいつだって宝を手放すのを承知するさ。どのみち、文句は言わせやしない」

「で、でも、私……勝手にあの人達に挑んで、負けたのだって、自業自得です。陸様にも庇《かば》ってもらう理由なんか」

「あるさ」

陸破興はにっと笑い、春燕の肩にそっと手をのせた。

「なあ、天芯。俺は嬉《うれ》しいんだ。九秋の奴から聞いたよ。お前は俺の画のために、決闘を受けてくれたんだろう?」

春燕は血が滲むほどに唇を噛みしめた。陸破興の優しさが、かえって辛《つら》かった。

「天芯。俺の弟子にならないか」

った。

驚いて、相手を見返した。何かの聞き間違いではないか。けれど、陸破興の瞳は本気だった。

「もう中途半端はやめだ。俺の全てをお前に教えてやる」

「で、でも……陸様の誓いはどうなるんです？　『七光天筆《しちこうてんぴつ》』の名を継承することは――」

「いいんだ。この数日、ずっと考えてた。屋敷に引きこもり、いつまでもケリのつかない喧嘩をやって、一体何になるってんだ。もう『七光天筆』の名前に拘《こだわ》るのはやめる。お前みたいに立派な志《こころざし》を持った奴の役に立てれば、それこそ師匠や斐先生も、草葉の陰で喜んでくれるってものじゃないか」

陸破興は両手で春燕の肩を摑み、力強く言った。

「だから、俺の弟子になれ。天芯」

「わ、私――」熱い涙と一緒に、言葉が溢れる。「私、習いたいです。もっと、もっと強くなりたい！　もう二度と負けないように！　教えてください！　私を……弟子にしてください！」

雨の中、春燕はその場に膝をつき、師弟の礼をかわした。

「え……？」

韓九秋は、遠巻きに陸破興と斐天芯の姿を見ていた。

自分は何度も、陸破興の指導が中途半端だと指摘してきた。この決闘は、その過《あやま》ちを証明するいい機会だと思った。

だが、結果はまったく違う終わりを迎えた。

――間違っていたのは、私の方だったのか？

最初の一戦は、明らかに宋華卿よりも天芯の実力が勝っていた。二戦目から、突然彼女の技が乱れたのだ。遠くの楼から眺める限りでは、何が起きたのかもわからなかった。

とはいえ、陸破興が言った通り、負けは負けに違いない。責任の一端は決闘をそそのかした韓九秋にある。それは厳然たる事実だった。

陸破興が天芯を立たせ、二人は再び歩き出していく。

自分も彼らに加わるべきではないか。微かにそう思ったものの、体が動かなかった。天芯に合わせる顔がない。必ず勝てると請け合ったのに、このような結果になってしまったのだから。

雨が激しさを増している。陸破興達は途中で馬車を掴まえ、屋敷に戻った。

韓九秋は濡れるのも構わず、ただ歩き続けた。

かなり遅れて屋敷に帰ると、陸破輿が居間で一人、酒を飲んでいた。韓九秋の姿をちらっと見咎め、冷ややかに言った。

「今更お帰りか。一体、どこをほっつき歩いてた？」

「天芯は？」

相手の問いを無視して聞き返す。陸破輿は立ち上がると、韓九秋の前に来て指を突きつけた。

「さっき部屋で休ませた。お前が心配する必要はない。それに今後は一切、口出しもさせない」

「一切だと？」

「そうだ。俺はあいつを弟子にしたからな」

韓九秋は驚き、じっと相手を見返した。先ほど、街で天芯と陸破輿を見ていた時、雨音のせいで二人のやり取りまでは聞こえなかったのだ。

「誓いを捨てるのか」

「ああ、そうだ。お前とくだらん喧嘩を続けるより、有意義な時間の過ごし方を見つけたのさ。『七光天筆』の名前が欲しけりゃ、お前にくれてやるよ。必要だったら屋敷も明け渡してやる。俺は天芯の助けが出来れば、それでいい。師匠もその方が喜ぶさ。友蘭への償《つぐな》いにもなるしな」

あっさり言ってのける。陸破興の表情には、迷いも後悔もまったく感じられなかった。たじろいだ韓九秋の心に、羞恥《しゅうち》がよぎった。思えば、自分は天芯のために何をしてきただろうか。最初は彼女を疑い、師として教え導くのを拒み、挙げ句決闘をけしかけて心に深い傷を負わせた。

韓九秋は目を伏せた。再び陸破興の顔を見る勇気がなかった。

「そうか。それもいいだろう……。私には、何の資格もない。天芯のことについては、何もかもお前が正しかった」

重い足を引きずり、居間を立ち去る。陸破興の堂々とした決意を見ると、己がどうしようもなく情けない人間に思われた。

その日以来、自室に引きこもり、天芯の前へ決して姿を見せようとしなかった。


目を覚ますと、もう昼を過ぎていた。

春燕はのろのろと寝床から起き上がった。雨に濡れたせいか、妙に寒気がする。頭も重い。長い夢を見ていた気がした。宋華卿との決闘は、ついさっきの出来事にも思えたし、ずっと昔の悪夢のようにも思えた。けれど、敗北した事実は決して動かない。

ふと、寝床のそばに立てかけた剣が目に入った。何気なく手を伸ばして引き抜くと、刃はやはり半分から先が失われている。負けた悔しさが、じんわり胸に戻ってきた。

着替えをして居間に行くと、陸破興が笑顔で出迎えてくれた。

「よう、起きたか。ちょうど昼飯を用意してたんだ」

「ありがとうございます、陸様……あ、いえ——」春燕は既に二人の関係が変わったことを思い出し、たどたどしく言い直した。「その……お師匠様」

陸破興が指先で顎《あご》をかいた。

「はは。師匠か。なんだか、くすぐったい呼び名だ。慣れるまで時間がかかりそうだな」

そう言いながら、口元を綻《ほころ》ばせる。春燕もつられて、微かな笑みを浮かべた。

やがて食事が出来上がったが、陸破興は韓九秋を待たずに箸《はし》をつけようとする。

「韓様は?」

「放っておけ。今回の件だって、殆どはあいつのせいなんだぜ」

自分が負けたせいで、二人の間にある溝《みぞ》を一層深めてしまったかもしれない。春燕の心は痛んだ。

食事を済ませると、陸破興が切り出してくる。

「具合はもういいのか?」

「はい。大丈夫です」

「ようし。そんなら、さっそく修行を始めるとするか。もう何の遠慮もいらないわけだしな。俺がこれまでの人生で学んできた全てを、お前に伝えるつもりだ。なに、お前は剣法の基礎が出来ているし、才能もある。必ず金陵大会までに技を完成させてやる。斐家の仇《あだ》討ちを果たせるようにな」

　春燕は頷き、それからあることを思い出した。

「あ……でも、私――」

「剣のことだろ? 心配すんな。新しいのを作ってやるよ。知り合いに、いい鍛冶屋《かじや》がいるからな」

「あれは、私にとって特別な剣だったんです。直すのは難しいでしょうか?」

出来れば、お嬢様の剣を元通りにして戦いたい。しかし、陸破興は首を振った。

「あれほど乱暴な折られ方をすると、刃を接《つ》ぐのは無理だ。刃をそっくり入れ替えるという手もあるが、これは一から作るより手間がかかる。新しいのを使うべきだと思うぞ」

　春燕は肩を落とした。剣がああなったのも、もとを正せば自分のせいだ。どうしようもない。陸破興の言う通りにするしかなかった。

馬車を雇い、二人は出発した。杭州の南には美しい西湖《せいこ》が広がる。そのほとりに、一軒の古びた鍛冶屋があった。

「萬《ばん》先生、いるかい?」

陸破興が中へ入ると、一人の老人が鉄槌で剣を叩いているところだった。齢《よわい》は六十ほど、真っ白な髪に赤銅色《しゃくどう》の肌、よく鍛えられた体つき。二人の訪問にも気づかぬ様子で、ひたすら鉄を打ち続けている。やがて剣の形が出来上がってくると、近くの水桶《みずおけ》にそれを突っ込んだ。じゅわっと音を立てて熱い水煙が立ち上った。

彫書剣が作られる光景を春燕は初めて見る。すっかり目を奪われていた。

老人は布巾《ふきん》で顔の汗を拭い、ようやく陸破興へ笑いかけた。

「陸殿か。久方ぶりじゃの」

「ああ。急ぎで一本こしらえてほしいんだが、頼んでも構わないかな?」

「もちろんですじゃ。七日では遅すぎますかな」

「じゅうぶんだ」陸破興は頷いて、春燕を振り向いた。「来いよ。手形をとってもらおう」

萬先生が粘土《ねんど》を持ってきて、春燕に握らせる。続いて竹の定規で彼女の背と、腕の長さを測った。萬先生は紙にいちいち記録をとりながら言った。

「ふむ、ふむ。刃は二尺二寸くらいがいいでしょうな。ご参考までに、これまで使っていた剣があると、なお助かりますが」

春燕が折れた彫書剣を渡す。萬先生はそれを子細に眺め回し、ふと訝《いぶか》しげな顔つきになった。

「はて……？　お嬢さんは、ずっとこの剣を使ってこられたので？」

「え……はい。そうですが」

「妙ですな。お嬢さんの手に比べ、この彫書剣は柄《つか》が小さいようじゃ。刃も少々短い。あまり手に馴染《なじ》んでいなかったのではありませんかな」

春燕はどきりとした。これはお嬢様の剣だから、もともと自分の手に合わせて作られたものではない。腕の確かな鍛冶屋である萬先生は、すぐにそれを見抜いたのだ。

「あ、あの……それは」

咄嗟《とっさ》のことで言い訳も思いつかない。すっかり狼狽《ろうばい》していると、陸破興が助け船を出した。

「この娘は年頃だからな。ずっと昔から使ってりゃ、手も大きくなるだろ。合わないなら、それはそれでいいさ。新しい剣は、ぴったりしたものを作ってくれよ」

「お任せくだされ」

二人は馬車に乗り、萬先生の鍛冶屋を後にした。陸破興は彫書剣の大きさに別段疑念を抱かなかったけれども、春燕の方は小骨が喉に引っかかったみたいに、気がかりが残った。師弟としての関係が深まるほど、自分がついている嘘への罪悪感は、より大きくなっていく。

揺れる馬車の中、春燕は膝の上で重ねた両手をぎゅっと握りしめた。

──私は、いつまで本当のことを隠し続けるつもりなんだろう。

新しい剣が届くまでの間、二人は木剣を使って稽古をした。まずは垓下剣法を一からおさらいする。陸破興は剣法の最も基本的な部分から、かなり細かいところまでまんべんなく教えてくれた。間接的に指導してもらっていた頃は、不明な部分を春燕が勝手に解釈し、無理矢理補っていたのだ。そのため、技の型に間違いがあったり、余計な癖が生まれたりしていた。陸破興の指導のもと、彼女は剣法の誤《あやま》りを正していった。

この調子で修練すれば、きっと実力も大幅に伸びるに違いない。春燕はそう思った。

けれども、その期待は外れた。伸びるどころか、日が経《た》つにつれ、稽古に集中することも出来なくなった。

原因は全て、他ならぬ春燕自身にあった。陸破興は、七光天筆の名も韓九秋との確執も捨て、熱心に教えてくれる。他にも剣を買うためのお金や、日々の生活の費用まで支えてもらっている。

それほどの誠実さを示してくれているのに、自分は未《いま》だ真実を打ち明けず、偽りの姿で彼と接しているのだ。天芯と名を呼ばれる度に、心の中で罪悪感が積もっていった。

それに、先日の決闘のこともある。衝天剣門の弟子達は散々に春燕を罵ったけれど、自分が卑しい身分なのも、剣法を継承する資格に乏しいのも、基本的には全て事実だ。無様に負けたせいで、自信はすっかり失われてしまっていた。

私がやっていることは、本当に斐家への恩返しになっているんだろうか。

何といっても、斐家は剣筆の名門なのだ。いくら跡継ぎに困ったからといって、下働きの人間に技を継がせるのは体裁にも関わるし、名を貶《おとし》めかねない。お嬢様が遺言を残してくれたとはいっても、それを聞いたのは春燕ただ一人、他人が証明してくれるわけでもない。

何より、嘘をついていたのだと今更陸破興へ打ち明けるのが怖かった。

——そうか、俺が全てを捨てて誠実に接していたのに、お前の方はそうじゃなかったんだな。お前を見誤ってたよ。悪いが、もうこれまでだ……。

見捨てられてしまう光景が、ありありと浮かんだ。

考えれば考えるほど、自分自身を肯定出来なくなった。これほど卑屈になってしまうのは、長年奴隷として他人に見下されて生きてきたせいかもしれない。何か一つでも後ろめたいことがあると、途端に気持ちが萎縮《いしゅく》してしまう。心の迷いはそのまま稽古にも表れ、どんな詩を刻んでも、宋華卿と決闘した時の出来映えに及ばなかった。

とうとう、陸破輿も異変に気がついた。けれど、春燕を責めはせず、いたわり深い声で言った。

「気にすんなよ。ここ最近色々あったからな。雑念で集中が出来ないだけさ。安心しろ、お前は名門の生まれだし、才能もちゃんとある。焦らずゆっくりやればいいんだ。今日はもう休むといい」

春燕は涙をこぼしかけた。もうごまかすのはやめよう、真実を話そう。何度もそう思ったのに、結局、口を開く勇気が無かった。自分の弱さと向き合う度胸も無い。

寝床に入ると、布団の中で泣いた。

自分の存在を認められないし、正しいことをやっているんだという確信も持てない。

私はやっぱり、卑しい人間なんだ。

翌日、春燕が一人で朝稽古をやっていると、陸破興が姿を見せて言った。

「そろそろ剣が出来上がったはずだ。萬先生を訪ねてくる」

「そういうことでしたら、私も行きます」

「いや、留守番を頼む。帰りがけに、ちょっと野暮用があるからな」

春燕は頷き、とりあえず見送りに出た。

ところが、門の前には、思いがけない人がいた。

淡緑の着物をまとった若い娘。すらりとした四肢に、狐《きつね》のような瞳、真っ赤な唇。片時も忘れたことのない顔。忌《い》まわしい記憶が、洪水のごとく春燕の脳裏で溢れ出す。

斐家の仇である段玉鴻《だんぎょくこう》の一人娘・段素桂《そけい》だった。

「こんなところにいたのね」

にんまりと笑いながら、鼠《ねずみ》を見つけた猫のように、爛々《らんらん》と瞳を光らせる。

あまりにも予想外な出来事だった。この世で最も会いたくない人間の姿を見て、春燕は総身が震えた。怒り、怯《おび》え、色んな感情が押し寄せて、頭が真っ白になりかける。

からからの声で、呆然と尋《たず》ねた。

「な、何をしに来たんですか……？」

「噂《うわさ》を聞いたのよ。お前がここで剣筆の修行をしてるってね。衝天剣門の柳孤鶴先生が、鉄墨会《てつぼくかい》の秦瀟海《しんしょうかい》先生を通じて、段家に知らせてくれたの」

春燕も思い出した。かつて崔天明と決闘した秦瀟海が、今は段玉鴻達の属する鉄墨会にいることを。恐らく春燕の素性を怪しんだ柳孤鶴がそれを調べさせるため、段玉鴻を頼ったのだろう。

段素桂が数歩迫った。

「大胆な女ね。こんなところに隠れて、勝手に斐家の技を修練してたなんて」

「わ、私は、ただ——」

「斐家はあたくしとお父様が受け継いだの。お前は段家の持ち物なのよ。勝手に逃げ出して、好き放題されたんじゃたまらないわね」

「ち、違います！　受け継いだなんて、でたらめです……！」

ふと進み出た段素桂が、素早く袖《そで》を翻《ひるがえ》す。虚《きょ》を衝《つ》かれた春燕は、持っていた木剣をあっさり奪い取られてしまった。

「でたらめですって？　だったら、お前に見せてやるわ。あたくしが真の継承者だってことをね」

段素柱が足下の地面を切りつけ、鮮やかに字を刻んでいく。その動きはまさしく斐家の家伝、垓下剣法に他ならない。しかも、かなりの修練を積んでいた。お嬢様が生き延びて稽古していたとしても、敵《かな》わないだろう。見る間に、一句を書き上げてしまった。

段素柱は春燕を振り向いて、あでやかに笑った。

「どう。あたくしの技は？　正真正銘《しょうしんしょうめい》、本物でしょう？」

「あ、あなた様に、その剣を使う資格なんかありません！」

「じゃあ、あんたにはあるっていうの？」

春燕は答えに窮《きゅう》した。ある、と言いたいのに、言葉が出てこない。旦那様もお嬢様も亡くなった今、春燕が剣法の後継者だと証明してくれる者はいない。何より、ここ最近の出来事で自分をまるきり肯定出来なくなっていた。段素柱の言葉一つで、完全に口を封じられてしまった。

それまで黙っていた陸破興が、横から言った。

「なるほど。お前が段素柱だな」

「あら、あたくしの名前をご存じだなんて光栄だわ」

「今すぐ回れ右して、お帰り願おうか。ここはあんたの来るところじゃない」

せせら笑った段素柱が、春燕を顎で示した。

「その子のいるところでもないと思うわよ」

春燕は青ざめた。段素桂がいる以上、もう言い逃れは出来ない。それどころか、正直に話すよりもっと酷いばらされ方になるだろう。

段素桂は、ねっとりした声で言った。

「ねえ、そうでしょう。……春燕」

陸破興は片方の眉を上げた。

「春燕？　そいつの名は斐天芯だ」

段素桂は一瞬目を丸くした後、けたたましく笑い出した。

「この子が！　斐天芯ですって！　奴隷の分際で、よくもまあ名乗れたものですこと！」

陸破興も何やら異常に気がついたらしい。目の前にいる斐天芯は、まさか偽物だっていうのか？　陸破興の瞳が、そう言っているように見えて、春燕は激しく動揺した。

面白い展開になってきたとばかり、段素桂が意地の悪い視線を向けた。

「どうするの？　こちらの方は混乱しているみたいだけど。あたくしの口から説明しましょうか。それとも、あなたが言うの？」

春燕は震えが止まらなかった。

「わ、私――」

「どうも歯の根が合わないみたいだから――」

「私が言います！」春燕は叫んだ。が、続く言葉は途端に弱々しくなった。「私から、話します……」

「だったら、さっさとしなさいよ」

その時、屋敷の奥から光が一閃《いっせん》し、段素桂のすぐ横を飛びすぎていった。だんと音を立て、剣が門の柱に突き立つ。突然のことに、彼女はぎょっと後ずさった。

のろのろした足取りで、剣の飛んできた方角から韓九秋が現れた。服は着崩しているし、無精髭が伸び、目は林の虎狼《ころう》のごとく、殺気でぎらついている。恐ろしい風貌《ふうぼう》に、その場の誰もがたじろいだ。

段素桂はどうにか笑みを保って言った。

「あら。あなた様も、こちらのご主人でいらっしゃるの？」

「出て行け。斐家の仇は、我々の仇だ」

韓九秋が返すと、段素桂も形のよい眉をつり上げる。

「ふん。そういうこと。言っておくけど、斐家の人間はもう死に絶えたのですから、仇だの何だの、お笑い草もいいところです。あなた達はね、そこの娘にずっと騙されていたのよ」

「騙しただと?」と陸破興。

「そうよ! 本物の斐天芯はね、もう何カ月も前に亡くなったの。実際のところ、殺されたという方が近いかもしれないわ」段素桂が、春燕へ指を突きつけた。「そこの娘は、うちで働いてた奴隷なの。愚図でのろまなうえ、手のつけられないほどの嘘つきでね。天芯が死んだのも、そいつのせいなのよ。私にとって天芯は可愛《かわい》い妹だったのに、そいつがそそのかして病弱な彼女を外に連れ出した。そして旅先でにっちもさっちもいかなくなって、あろうことか主人を見捨てた。しかも秘伝書まで奪っていったの。

ああ、可哀想《かわいそう》な天芯。棺《ひつぎ》は今も常州《じょうしゅう》にあって、野ざらしにされているわ。どうして主人にこんな残酷な仕打ちが出来るのかしら。そのうえ天芯の名を騙《かた》って、立派なお屋敷に居座り、家伝の技を堂々と盗んでいたとはね。人間として、最低の輩《やから》だと思わない?」

一方的にまくしたてる。その言葉の一つ一つが、春燕の心をずたずたに切り刻んだ。言い返すことも出来ず、立ち尽くして涙をぼろぼろ流すばかりだった。

「どう? 私の話に嘘はあった? あんたみたいな不忠者の嘘つき、とっとと死ぬべきだったのよ」

春燕は、おそるおそる陸破興と韓九秋を見た。彼らの顔に浮かんでいるのは驚きと、疑いと、そして憐《あわ》れみ……。

もう耐えられなかった。声を放って逃げ出した。

おしまいだ、何もかも。

行くあてもなく、ただ、走り続けた。


春燕が逃げ去った方を見やり、段素桂は舌打ちした。

「まったく、手間をかけさせてくれるわ。お二人も、あんなのに振り回されてさぞ大変だったでしょう」

陸破興は腕を組み、段素桂を見据えた。

「悪いが、お前にあの子を連れて行かせはしない」

「何ですって？」

「連れて行かせないと言ったんだ」

段素桂が驚きに目を見開く。

「あいつを庇うの？　あの嘘つきの奴隷を？」

「何が本当かどうかは、俺達が決めればいいことだ。それに、お前の話だって全部が真実かはわからん。鉄墨会の連中でいい噂なんぞ聞かないからな。とにかく、彼女はこの屋敷に残る。これから先もずっとだ」

韓九秋が静かに進み出て、陸破興へ囁《ささや》いた。

「彼女を探してくる。ここを頼めるか」

「そいつは俺の役目だと言いたいが……、この女には色々言っておかなきゃならんことがあるからな。ああ、わかった。こっちは任せておけ。あいつを頼むぞ」

韓九秋は頷くと、大股で門を出て行った。段素桂が唇をひきつらせて言った。

「どういうつもり？　あたくしの話を信じないの？」

「さっきも言ったが、あんたの話の真偽はどうでもいい。天芯……いや、春燕だったか。俺はこの目で彼女の剣筆を見てきた。あいつが何者だろうと、剣には誠実さがあった。それに、俺はあいつに恩がある。悪いが、嘘の一つ二つで見捨てる気にはならないな」

「何を馬鹿らしい――」

「そして少なくとも、俺はあんたの見せた技に誠実さは感じなかった。腕前をひけらかすような、傲慢《ごうまん》な剣だ。垓下剣法はああいうもんじゃない」

段素桂は微かにたじろいだ。しかし、すぐさま自信に満ちた表情を浮かべて言った。

「あらそう。ならばどうぞお好きに。あんな奴隷、うちに置いていたって仕方ないですもの。けれど、斐家の継承者を名乗るのは諦《あきら》めていただきましょうか。六カ月後には金陵大会が開かれます。もちろん、あたくしも参加するわ。そこで勝ち抜けば、世間の人々もあたくしが斐家の正式な継承者だと認めるでしょう。後から喚《わめ》いたところで、もう遅いわ」

陸破興は、不敵な笑みを浮かべた。

「どうかな。そりゃ、大会が終わるまでわからないだろう」

「何ですって？」

「金陵大会には、俺達も参加するつもりだった。あんたに勝てば、こちらが斐家の継承者を名乗れるわけだ」

「……どうやら、本気のようね？」

「冗談を言う局面じゃないだろ」

段素桂が冷笑した。

「そう。いいでしょう。もっとも、さっきのザマではあの奴隷、とても使い物になんかならなそうですけど。あたくしは決して負けません。大会に来たら、それを思い知らせてあげます。せいぜい、あがいてみることね」

言い捨てるなり、段素桂は立ち去っていった。

四、金陵大会

草木は秋の装い、夕焼けに染め上げられて、寂しげに彩《いろど》る。

斐天芯《ひてんしん》を名乗っていた娘は、草の海に埋もれるように座り込んでいた。頬《ほお》は涙で濡れている。

私にはもう、何の価値もない。帰る場所も、果たすべき目的も失くしてしまった。

娘は、草を踏みしめて誰かが近づいてくる気配に、思わず身を硬くした。

「天芯、私だ」

呼びかけた声は、韓九秋《かんきゅうしゅう》のものだった。陸破興《りくはこう》ではない。意外に思ったのもつかの間、春燕《しゅんえん》の心は再び沈んだ。

「天芯、お前は――」

「斐天芯じゃありません!」涙ながらに叫び、深くうなだれてつけ加えた。「私、春燕っていうんです……」

「そうか。春燕」

　本当の名前で呼ばれると、改めて自分のついた嘘《うそ》の重さを感じた。後悔が胸の中で吹き荒れる。二人をどれだけの間騙《だま》していたのだろう。三カ月？　四カ月？　もっと早く真実を告げる機会は、いくらでもあったのに。陸破興は全てを捨て、弟子にしてくれた。韓九秋もずっとよくしてくれた。何もかも、自分が斐天芯だという嘘があったから……。

　けれど、後悔はやがて諦《あきら》めに変わった。

　少なくとも、もう自分を偽《いつわ》る必要は無くなったのだ。こんな形で明かされることは望まなかったけれど、とにかく二人をこれ以上騙さずに済む。心にのしかかっていた罪悪感の重荷は、少しずつ消えていった。

　諦めて、全てを打ち明けよう。二人に罵《ののし》られ、拒絶されても、黙って受け入れよう。もしかしたら、屋敷を追い出されるかもしれない。それでも仕方ない。嘘つきに剣法は教えない、そう言い渡されるかもしれない。自業自得だ。何もかも失ってしまったら、常州《じょうしゅう》にいるお嬢様のもとで、今度こそ命を絶ち、おそばへ行こう……。

　ぼんやり考えていると、韓九秋がすぐ隣へ腰を下ろしているのに気づいた。

　春燕はそよ風にもかき消されそうな声で、彼に謝罪した。

「ごめんなさい……。嘘を、ついていたんです」

「そうか」

韓九秋の口調は普段と変わらない。怒りを通り越して呆《あき》れているのだろうか。そう思って、彼の横顔を見る。だが、表情は穏やかそのものだった。

「あ、あの……」春燕は耐えられなくなって、尋《たず》ねた。「私のこと、怒ってないんですか?」

「そんな必要はない。最初から怒ることなどない。ただ、理解しただけだ。事情があれば、嘘など誰でもつく」

「でも、陸様は? ずっと誠実に接してくれたのに……私、あの方を騙してたんです」

「奴なら尚更気にするな。段素桂《だんそけい》も追い返してくれるだろう」

困惑する春燕へ、韓九秋が淡い笑みを向けた。

「春燕、か。いい名前だな」

「あの……お嬢様につけていただいたんです。私、斐家に仕えていた侍女でした。本当の斐天芯様は、旦那《だんな》様――斐士誠《しせい》様が亡くなられた後、段玉鴻《ぎょくこう》夫妻に虐《いじ》め抜かれて……それで、家を出たんです。崔天明《さいてんめい》様を頼るために。私は、一緒につき従っていました。でも、お嬢様は病が悪化して……道中、私に後を託して自害されたんです。自分の代わりに、崔様のもとで剣筆を学び、仇《あだ》を討てってって」

春燕はしきりに袖《そで》で涙を拭《ぬぐ》いながら続けた。

「私、幼い頃斐家に拾われて、お嬢様とは一緒に育ってきた仲でした。主人と奴隷《どれい》、身分の差はありましたけれど、お嬢様はいつも私を実の妹のように慈《いつく》しんでくれました。旦那様も着るもの食べるもの、何不自由無く与えてくれて、剣筆の技も教えてくださったのです。だからお二人の死は、私にとって耐え難い出来事でした。斐家を乗っ取った段玉鴻が許せなかった。でも、私には何の力もありません。崔天明様の助けを得るしかなかったんです。嘘……嘘をついたのは、私みたいな人間の話を信じていただけないと思ったから……。怖かったんです、ありのままの自分を晒《さら》すのが。親に捨てられて、ずっと他人に使われて生きてきた、卑《いや》しい人間だから……」

涙で言葉が詰まる。韓九秋はずっと待っていてくれた。春燕は再び話し出した。

「最初は、陸様が弟子にしてくださって嬉《うれ》しく思いました。でも、あの方が熱心にご指導してくださるほど、嘘をついていることに気が咎《とが》めたんです。あの方はしきりに、私に才能があるとか、斐家の跡取りだからと励ましてくれて……でも、それがかえって、私には辛《つら》かったんです。本当に勝手ですよね。優しくしていただいたのに、こんな……」

ふと、韓九秋が懐《ふところ》へ手を伸ばし、何かを春燕へ差し出した。古びた手鏡——行方知れずになっていた、お嬢様の遺品だった。

「それ、どこで……」

「お前が初めて脂薇荘《しびそう》へ来た日に落としたのだ。荷袋をひっくり返して、秘伝書を取り出した時に。お前は気がつかなかったようだが。裏面の文を読んだ時、妙だと思った。少なくとも、自分宛《あ》てに書くような言葉ではない」

「じゃ……ずっと、疑っていらしたんですか?」

「いや。初めてお前の剣法を見た時から、盗人や間者だと疑ってはいなかった。ただ、何か隠し事があるのは感じていた。お前が打ち明けやすくなるよう、友蘭《ゆうらん》の過去を話したり、決闘の手伝いをしたり、私なりに気遣ってみたものの……うまくはいかなかったな」

春燕は俯《うつむ》いた。

「すみません。韓様の気持ちまで裏切って」

「気にするな。それより、先々のことを話さねば」

「先……?」

「斐家の仇討ちだ。他に何がある?」

「それは、その……、もちろん、段家の悪事は許せません。でも、仇討ちなんてもともと無理な話だったんです。私は侍女で、人に売り買いされる身分です。名家の技を継ぐ資格なんて無いし、段家の人間は主人筋にあたります。刃向かったら、忠義を知らない人間だって糾弾《きゅうだん》されます」

「では、亡くなった天芯の恨みは誰が晴らす？」

春燕はうなだれた。

「お前は金陵《きんりょう》大会には出なければならん。でないと、天芯の心遣いは無駄になる。すべきことから目を背けてはならない。彼女は、お前に何をしてほしいと言い残した？」

「……仇討ちです」

「その通り。だからこそ、私にはわかる。彼女が自害したのは、絶望や諦めのせいではない。そうすべきだったから、決断したのだ」

「ど、どういうことですか？」

理解が及ばず、聞き返す。

「考えてみるがいい。もし彼女と一緒にこの屋敷へたどり着いていたら、お前は今のように修行へ打ち込めたと思うか？」

春燕ははっとした。お嬢様が生きていたら……金陵大会どころではない。看病に日々を追われ、剣筆の修行など二の次だっただろう。

「……出来ませんでした」

「助かる見込みの無い病にかかった以上、頼れるのはお前だけだ。天芯は、何としてもお前を大会で勝たせなければならなかった。しかし、自分が生きているせいで、侍女が満足に剣筆を学べなくなるとしたら、どうする？」

韓九秋の言葉は、今まで春燕が見落としていた事実を浮き彫りにした。

斐家の仇討ちを誰よりも強く望んでいたのはお嬢様だ。本当は、自分の手で成し遂げたかったに違いない。それが病のせいで、剣すら満足に持てなくなってしまった。やむなく春燕に代理を頼んだけれども、そうすれば自分の存在が修行の妨げになるとわかっていた。春燕なら剣法を極めるより、主人の看病を優先するだろう。それでは仇討ちは永遠に果たせなくなる。だから……。

春燕はぐっと拳《こぶし》を握り締めた。瞳から、またしても涙が落ちる。

――私はどうしてお嬢様の決意に気がつかなかったんだろう。ああ、そうか。私は、ただお嬢様に生きていてほしかったんだ。斐家の名誉や仇討ちなんかよりも、お嬢様と一緒にいたかったから。それが何より大事だったから。だからお嬢様の死を嘆《なげ》くだけで、託してくれた思いに気がつかなかったんだ。

でも、今ははっきりわかる。お嬢様が何を望んで、決断し、行動したのか。

自分が仇討ちを投げ出せば、全てを無駄にしてしまう。そんなことは許せない。春燕は、覚悟を決めた。

「……やります」嗚咽《おえつ》の中から、彼女は言葉を絞り出した。「私、大会に出ます。お嬢様との約束を果たさなきゃ。わかったんです。やらなきゃいけないことだって」

「そうするがいい」韓九秋は優しく微笑《ほほえ》んだ。「お前は正直に全てを話してくれた。だから、私も話すとしよう」

「何をですか？」

「私は、師匠に破門されているのだ」

「えっ」

　思わぬ告白に、春燕も驚きを隠せなかった。

「昔から、反抗的な性分でな。師に度々逆らった。ある日、はっきり破門を言い渡され、師匠は私のもとを去った。性根を改めるまで、もう二度と会うことは無いとな。以来、友蘭の手紙を受け取るまで、別れたきりだったのだ。本来ならば、私は破興と一門の後釜《あとがま》を争える立場ではない。友蘭がいなくなった以上、大人しく七光天筆《しちこうてんひつ》の名を明け渡すべきだった。だが、私は諦めきれなかった。破興を打ち破れば、師匠もあの世で認めてくれるのではないかと思っていた」彼は俯き、恥じ入るかのように唇を噛《か》みしめた。「この秘密は、未《いま》だ誰にも打ち明けたことがない。破興はもちろん、友蘭にも。私のような男がいるのだ。春燕、お前のついていた嘘など、咎められるものか。胸を張って、もう一度技を学ぶがいいい。そして、斐家の仇討ちに力を尽くせ」

ふと韓九秋は剣を差し出し、すぐ近くの石饅頭《いしまんじゆう》を示した。

「春燕、そこに何か刻んでみろ。だが、何も考えるな。普段の稽古《けいこ》で意識していることを全て忘れ、今の心のままに字を書け」

春燕はおずおずと剣を受け取った。正直、字を刻める心境ではない。しかし、韓九秋がこうして言ってくれるのだから、何か理由があるのだ。

剣を抜いて、石饅頭の前に立つ。

ふっと息を吸い、剣を突き立てた。頭にたまたま浮かんだ古詩を、すらすらと刻んでいく。技の型も、詩の原意も、何も意識しなかった。ただ、今抱いている感情——自分の弱さに対する悔しみ、段家への怒り、二人を騙していた後悔——を、ありのままに剣へと伝えた。

やがて、詩が一首完成した。予想した通りあまりいい出来映えではない。春燕は肩をすくめた。

「すみません。ぐちゃぐちゃになっちゃいました」

「よく見ろ。いつものお前の字と比べて、どうだ？」

「下手《へた》だと思います」答えてから、もう一度じっくり字を眺めた。「でも……勢いは出せたような気がします。それに何だか、書いている間は、自由に体が動きました」

韓九秋が大きく頷《うなず》いた。

「それでいいのだ。心に感じたことを、そのまま言葉と字で表現する。恐れやためらいといった負の感情であっても、向き合って受け入れるのだ。喜びも楽しみも、怒りも悲しみも、湧き上がるもとは同じだ。古来より語り継がれる名詩は、詩人の強い心が宿っている。素直な、ありのままの心が。だからこそ人々の共感を呼び、遙《はる》か後代まで伝えられてきた。剣筆も同じだぞ、春燕。技がどれほど優れていても、心が伴わなければ、達人の境地には至らない。お前が主人を思う気持ち、仇討ちを果たしたいと思う気持ち。剣に込めた思いは、必ず刻んだ字に表れるのだ。剣筆をするうえで、それは立派な武器となる。覚えておくがいい」

春燕は、目の覚めるような思いがした。私の気持ちを、そのまま字に伝える……。これまでの自分は、嘘に対する恐怖や不安を、まるきり無視してきた。見て見ぬ振りをしてきた。それが技に悪い影響を与えると思ったから。

でも、違うのだ。心は心、悲しみでも喜びでもそれは変わらない。全て剣を振るう糧《かて》になる。大事なのは、己と素直に向き合うことなのだ。

春燕は涙を拭《ぬぐ》った。もう、偽るのはやめよう。嘘つきな自分、弱い自分。でも、ありのままでいい。それが私なんだから。

ゆっくり、韓九秋を振りむいた。

「私、まだ間に合うでしょうか……？　もし、陸様に許していただけるなら、お嬢様じゃなく、春燕として……弟子にしてもらいたいんです」

「無論だ。あの男が断るものか。もし断れば、私が許さん」

韓九秋が近づき、決意を浮かべた表情で告げた。

「明日から、私もお前を教えるとしよう。お前が望んでくれるなら、私の弟子にもなってくれないか」

「ほ……本当ですか？」

「段家の悪事は許し難い。それを打ち破る手伝いをするのは、私にとっても意義がある。何より、お前の負ける姿を見たくないのだ。お前を教えるためなら、私ももう、七光天筆の名前には拘るまい」

春燕は喜びに震えた。

——陸様だけではなく、韓様も私に力を貸してくれる！

ためらわずに、その場で叩頭《こうとう》をした。

「よろしくお願いします！　お師匠様！」

韓九秋のおかげで大分心の整理がついたものの、すぐには屋敷へ戻る勇気が出ず、春燕はそのまま彼と色んな話をした。ようやく帰った頃には、夜もすっかり遅くなっていた。

陸破興は温かく出迎えてくれた。おずおずと進み出た春燕が、これまで隠してきた真実を全て打ち明けると、彼は豪快に笑った。

「ははは、お前の嘘が酷《ひど》いっていうなら、段家の奴らはどうなる？　他人の剣法を奪っておいて、自分達が〝正統な〟後継者だとほざいてるんだぜ。あいつらの方が、よほど大嘘つきってもんじゃないか？　それに、侍女が技を継ぐのもおかしくはないさ。身分なんぞ気にするのは、鉄墨会《てつぼくかい》みたいに、体面を気にするつまらん連中だけだ」

春燕は涙ながらに頷いた。

「それより、話しておくことがある」

陸破興は、段家が金陵大会で垓下剣法《がいかけんぽう》と斐家の名を我が物にするつもりなのだと語った。

春燕は、段素桂の見せた技を思い返した。修練は深く、斐家直伝のものと殆《ほとん》ど変わりがない。段玉鴻はかなり奥深くまで研究し、娘に指導したようだ。斐家から剣法を奪った手口はともかく、継承者となる覚悟が本物なのは間違いない。もしあの場で決闘を挑まれたら、自分は確実に負けていただろう。

けれど、段家の好きには決してさせない。もう決意はかたまっていた。

「私、大会に出ます。このまま、あの人達に技を奪わせるわけにはいきません」

「よく言った。大会までは六カ月しかない。明日から修行に励むとしよう。その前に、出来れば斐お嬢さんの亡骸《なきがら》も何とかすべきだが……」

「あ……その件は、帰りがけに韓師匠ともお話ししたんです。今は仇討ちが第一です。お嬢様も、私が葬儀の支度で日を費やすより、修行に専念するのを望むだろうって」

「そうか。考えが決まっているならいいんだ。念のため、常州の寺に金を送って、棺《ひつぎ》の管理を徹底してもらうか……おい、ちょっと待て。今、九秋を何て呼んだ?」

韓九秋がずいと進み出た。

「私も春燕の師になった。明日からは指導にも口を挟ませてもらうぞ」

陸破興は仰天した。

「何だって?　どういうつもりだ?」

「何がだ」

「どうして教える気になった?」

韓九秋がふっと笑った。

「お前の下手な指導を見かねてな」

「なに――」

「あるいは、お前の言ったことが正しかったのかもしれん。春燕が来たのも、私達の不毛な争いを止め、これまでの償《つぐな》いをさせるためではないかとな。七光天筆の名前に、私も未練は無くなった。もしこの名を受け継ぐ者がいるとすれば、死んだ薛《せつ》友蘭か、この春燕をおいては考えられないだろう」

　陸破興が笑みを返す。

「そうかよ」

　春燕の胸は熱くなった。

「私、幸せです。立派なお師匠様が二人も出来たなんて」

　男達が互いに顔を見合わせ、ぎこちなく笑う。不思議と連帯感が生まれているようだった。

　陸破興が咳《せき》払いと共に言った。

「よし、明日から俺とお前で代わる代わる春燕を指導するとしよう。俺が朝、お前が昼だ。夜は自主稽古と素読をさせる。それでいいな？」

「いや、私が朝に教える。お前は酒癖が悪い。二日酔いで指導に支障をきたしたりすることがあっては困る」

陸破興が、聞き捨てならじと口を尖らせる。

「そういうお前こそ、朝飯の時はいつも遅れてくるだろうが」

「黙れ。朝も昼も大して変わらん。お前が昼に教えろ」

「だったらお前が昼にしろ！　俺が朝だ！」

「私だ！」

協力的になったと思ったのもつかの間、いつもの二人に戻ってしまったようだ。春燕は、弱々しく割って入った。

「あの、それならご指導の時間を毎日交代するのはいかがでしょうか……」


結局、春燕の言う通りになった。翌日から、陸破興と韓九秋がそれぞれ二刻ずつ、交代で技を教えるようになった。新しい剣がまだ届かないため、しばらくは屋敷にある手頃な物を使う。

段素桂との再会は、はからずも春燕が二人へ真実を打ち明けるきっかけになってくれた。全てを話した今、迷いもすっかり無くなり、一心不乱に稽古へ打ち込んでいる。

陸破興と韓九秋は同門にも拘《かか》わらず、剣術の使い方は大きく異なる。これは、初めて脂薇荘で二人の決闘を見た時からわかっていたことだ。

陸破興の技は正確無比で無駄がない。韓九秋は美しさと詩の心を重んじる。同時にまったく違う二人の教えを受けると混乱しそうなものだが、不思議とそうはならなかった。むしろ、陸破興の教えに不足しているものを韓九秋が補い、また韓九秋に欠けた部分は陸破興のやり方で埋め合わせがされているようだった。口には出さなかったものの、修行を積めば積むほど、その実感が強まっている。一カ月と経《た》たないうちに、春燕の技量は驚くほど上がっていた。

ある日、陸破興は春燕に唐《とう》の詩人・杜牧《とぼく》の詩をいくつか演舞させた。ややあって、彼は怪訝《けげん》な顔つきになった。

「おい、今の技は何だ？」

技を止めた春燕が、師を振り返る。

「先日、お師匠様に習った『覇王長嘆《はおうちょうたん》』です」

「妙だな。もう一回やってみろ」

言われるままに剣を振るう。陸破興はますます思案げな面持《おもも》ちになり、それから屋敷に戻って韓九秋を呼んだ。彼は再度、春燕に同じ技を演じさせて、韓九秋に尋ねた。

「どう思う？　あんたが何か特別なことを教えたのか？　俺の指導だけじゃ、ああはならないはずだ」

「私は自分なりに教えていただけだ」

「だったら、どうして……」

「斐家の技が関係しているのかもしれん」

二人はそれぞれに黙考していたが、すぐには答えが見つからないらしかった。春燕がおずおずと尋ねた。

「あの、何か変なところが？」

「変というか……お前の技、やたらと出来がよくなってるんでな」

「そうでしょうか？　私は、ただお二人に言われたことを、そのまま実践してただけなんですが……」

「二人で教えると決まってから、懸念はしていたのだ。私と破輿の剣法は性質が真逆、同時に指導をすれば噛み合わない部分が生まれるのではないかと。だが、お前は不思議なほどうまく、我々の指導の長所を取り込んでいる……いや、待て」ふと韓九秋が足下に落ちていた枝を拾い、それを剣に見立てた。「破輿、私と技を合わせろ」

「何だって？」

「いいから、言う通りにしろ」

陸破興も自分の剣を抜き、韓九秋と共に玹下剣法を使い出す。順々に技を繰り出しては、時折口を挟んで、互いの剣法を確認する。一通り基本の型を終えると、二人の師は無言のまま、険しい面持ちで立ち尽くした。まるで、途轍《とてつ》もない真相を目《ま》の当たりにしたかのようだった。

やがて、陸破興が沈黙を破った。

「まさかとは思うが……そういうことだったたってわけか？」

「推測を含んではいるが、恐らくはな」

春燕は遠慮がちに進み出た。

「あの、私の剣法に何か問題でも？」

「いいや、剣法に問題はない。問題があったとすれば、それは俺達だ。同門でありながら、何故《なぜ》こんなにも剣法の使い方に違いがあったのか。だが、今ようやくわかった」

三人はいったん稽古を打ち切り、その場で話し込んだ。

崔天明は晩年、自《みずか》らの後継者を探すべく各地をめぐり、陸破興と韓九秋を弟子にした。しかし、玹下剣法は本来選ばれた後継者にのみ伝えられる武術、奥義も非常に奥が深く、容易には全てを学びきれない。当時の崔天明にとって、陸破興も韓九秋も、剣法の後継者としては才能・技量の面で不安を残す人材だった。だから、学びきれるだけの技を二人にそれぞれ教え、全てを伝授することは控えたのだ。ゆえに、陸破興や韓九秋の修得した技は、解釈や使い方に偏《かたよ》りが生じてしまった。

けれども、これには別の意図もあったのではないか。後になってもきちんとした後継者が見つからなかった場合、陸破興と韓九秋が互いに協力し、技の不足を補えば、完璧な垓下剣法として統合出来る。二人から教わった春燕の剣術が洗練されていた理由も、これで説明がつくのだ。皮肉にも、陸破興も韓九秋も師の意図を汲《く》み取れず、技の違いが長きにわたる争いの種となってしまった……。

韓九秋がつけ加えた。

「友蘭の使っていた垓下剣法は、今のお前の使い方によく似ている。彼女は我々より優れた才能を持っていた。師匠も最初から完璧な剣術を教えたはずだ。それが、何よりの証拠なのではないか」

「ああ、俺も同感だ」陸破興はにっと笑い、春燕の髪をくしゃくしゃに撫《な》でた。「これこそ、天意ってもんじゃないか。お前が来てくれたおかげで、俺達が何年も繰り返していた喧嘩《けんか》のわけを、解き明かすことが出来たんだ。おまけに、俺達がそれぞれお前に技を教えれば、真の垓下剣法が復活するわけだ！」

春燕も微笑《ほほえ》みを返した。

「崔天明様は、きちんとお師匠様達に後継者としての役割を与えてくださったんですね。何もかも、無駄なんかじゃなかったんです」

そこには言外の意味を含んでいる。一度師に破門された韓九秋にとって、垓下剣法の継承という大事に関われるのは、何よりの喜びに違いない。韓九秋は春燕の言葉を理解したのか、ちらっと目を伏せ、顔を背けた。陸破興の前だから、あまり感情を露《あらわ》にしたくないのだろう。

三人は自分達の出した結論に興奮し、稽古をするどころではなくなった。長々話し込み、夕食の時間になっても同じ話題で盛り上がり続けた。

その日は、二人とも腕によりをかけてご馳走《ちそう》を作ってくれた。肉と海鮮、大小様々な皿が卓へぎっしり並ぶ。

突然、韓九秋が陸破興の近くにあった徳利《とっくり》を取り上げ、中身を茶碗《ちゃわん》へ注いだ。春燕と陸破興は、呆気《あっけ》に取られた。

「おい、酒だぞ。いいのか」

韓九秋は答える代わりに、一気に杯を干した。僅《わず》かに顔をしかめ、空になった杯を見つめながら呟《つぶや》いた。

「これまでずっと試さなかったが……海鮮と酒の組み合わせも、案外、悪くないものだ」

春燕が驚きに目を見開く。すると陸破興も無言で茶を注ぎ、一口飲んだ。続いて肉をひとつまみ放り込み、じっくり味わってから言った。

「……なるほど。肉と茶の組み合わせも、いいもんだ。ま、あれだ。剣法とおんなじか」

二人のやり取りを見た春燕の瞳から、涙がどっと溢《あふ》れてきた。喜びの涙だった。険悪な二人の姿を散々目にしてきたから、こんな日が来るなんて、思いも寄らなかったのだ。

「おいおい、どうしたんだよ」

陸破興が笑って肩を叩いてくる。春燕は涙を拭い、笑ってみせた。

「すみません。私ったら、おかしいですね」

「今日は、全員がおかしい」韓九秋も笑った。「色々と、すっきりしてしまったからな」

三人は笑い合った。これまで想像もつかないほど、和《なご》やかな晩餐《ばんさん》の席だった。

ふと、韓九秋が切り出した。

「ところで、一つ気になったことがある。春燕の『虞姫翻袖《ぐきほんしゅう》』の技なのだが……。春燕、秘伝書を貸してくれるか」

春燕は自分の持つ秘伝書を差し出した。韓九秋は自分のものと合わせ、同じ『虞姫翻袖』の記された頁《ページ》を開いた。

それを覗《のぞ》き込んだ陸破興が、真っ先に口を開いた。

「おかしいぞ。型の記述が違う」

「えっ」

春燕も身を乗り出し、秘伝書を見比べる。確かに、途中から型に明確な違いが見られた。

『虞姫翻袖』の技は、項羽《こうう》の最愛の人・虞姫の最期に由来している。垓下で劉邦《りゅうほう》の軍勢に包囲された項羽は、いよいよ死を覚悟し、いつもそばにいた虞姫の身の上を憐《あわ》れんだ。虞姫は、項羽の足手まといにならぬよう彼の剣を借り、自ら首をはねて命を絶った。この型は、そんな虞姫の悲しき死に様を剣舞で再現したものだった。

「同じ剣術書で、技の記述が異なるのは奇妙だ。春燕、お前は以前、段家に原本を奪われ、これが複製だと説明してくれたが、この複製が偽物の可能性はないか？」

「いいえ、お嬢様が旦那様から直接受け取ったものですし、それに最後の頁には遺言も書かれてます。この秘伝書が偽物なんて……」

「となると、真偽を見極める方法は一つだな。ちょいと試してみるか」

陸破興が立ち上がり、剣を手に取った。

緩やかに剣を振るい、悲しげに頭《こうべ》を垂れ、刃《やいば》を喉元《のど》へあてるような仕草の後、体を大きく回して、勢いよく岩紙《がんし》へ切りつける。見事な演舞に、春燕は手を叩いた。

続いて演じるのは、春燕の秘伝書に記された『虞姫翻袖』だ。違うのは一点のみ。垂れていた頭を、しっかりと持ち上げ、挑むような眼差《まなざ》しで剣を喉元にあてがう。もとの技にあった悲しげな雰囲気が一蹴《いっしゅう》され、勇壮さに満ちていた。

技を終えた後、陸破興が呟いた。

「妙だなぁ。偽物どころか……春燕の秘伝書にある『虞姫翻袖』の方が、技として完成されてる気がしないか?」

「そうだな。垓下剣法は総じて勇壮さを重んじる。しかし、我らが持っている秘伝書は長きにわたって伝えられたもの。あえてそれを改変するのは、何かしらの事情が絡んでいるはずだ」

春燕はためらった。

「でも、どうしましょう。この『虞姫翻袖』は、斐旦那様の遺言通り、金陵大会で木牛五《もくぎゆうご》様へお見せしなければならないんです。もし、私の秘伝書の技が間違っていたら……」

しばしの沈黙の後、陸破興が決然と言った。

「迷う必要はない。お前の秘伝書に書かれた技を使えよ。斐先生ご自身による改変なんだ。直感だが、そいつが正しい気がする」

「私も同感だ」

春燕はもう一度、『虞姫翻袖』の頁を見た。この複製本の字体は、間違いなく旦那様のものだ。断じて偽物ではない。主人が残してくれたものを、春燕は信じることにした。何より、二人の師匠も後押ししてくれたのだから。

食事を終えた後、春燕は韓九秋と一緒に素読をした。そこへ、陸破興が勢いよく駆け込んできた。

「おい、待たせたな。ようやく出来上がったぞ」

そう言って、紫の布でくるまれた長い包みを、春燕に差し出す。

布をまくると、一振りの立派な剣が姿を現した。萬《ばん》先生に依頼していたものだ。

震える手で、柄《つか》を握る。大きさはぴったりだ。中身をゆっくり引き抜くと、青白い刃の根本に「崔春燕」の三字が刻まれている。

「こ、これ……」

「ああ。仕上げとして名を掘ってもらったんだ」と陸破興。

「でも、崔って……、私は、ただの侍女で名字なんかありません。まして、崔天明様の名をいただくなんて、そんな恐れ多いこと」

狼狽《ろうばい》する春燕の肩を、韓九秋がそっと叩いた。

「気負う必要はどこにもない。名がもたらす意味合いなど、大したものではないのだ。ただ、我らとしては、弟子が一門の名を継いで戦ってくれる方が喜ばしい。その気持ちを汲んでくれると有り難いのだが」

「そういうことだ。名字がついている方が、格好はつくしな。それとも、斐家を名乗って大会に出る方がいいかい？」と陸破興。

春燕は激しく両手を振った。

「いえ、いえ！　そんなの、もっと恐れ多いです！」

「だったら、それで決まりだ」

確かに、陸師匠の言う通りだ。私はお二人の指導を受ける身なのだし、その名を背負う覚悟くらい見せなくては。

――いいえ、お二人だけじゃない。私は、自分が思った以上に沢山の人の思いを背負っている。旦那様やお嬢様、崔天明様に薛友蘭様……。

春燕は気持ちを新たにした。彼らの心に応《こた》えられるよう、精一杯力を尽くそう。


季節が変わり、そして過ぎていった。

金陵大会まで残り五日となった。春燕は修行の仕上げとして、陸破興・韓九秋と模擬試合を行った。結果は彼女の負けだったものの、九カ月前に杭州《こうしゅう》へ来た頃と比べれば、実力は比べものにならない。既に琺下剣法をくまなく学び終え、詩や書に関する知識も深まった。二人の師は、今なら金陵大会でも十分に勝ち進めると太鼓判《たいこ》を押してくれた。

その日は早めに稽古を切り上げ、三人は大会の支度に勤《いそ》しんだ。

韓九秋は知り合いの職人に頼み、春燕の武芸装束を一式揃《そろ》えてくれていた。体にぴったりとした桃色の衣装、軽くて動きやすい布靴、それに帯や髪飾り。全てを身につけ、少々の化粧を施《ほどこ》すと、平凡な容姿の春燕でも見違えるほどになった。まるで良家のお嬢様か、舞台の女優みたいだ。今まで華やかな格好に縁が無かったから、こんな姿で人前に出るのは、何だか気後れしてしまう。韓九秋はそんな彼女の心を見透かしたように言った。

「自分が侍女であることなど忘れてしまえ。それが無理なら、自分ではない他の誰かになりきれ。人々はお前の剣筆を見るためにやってくる。身分が低かろうと高かろうと関係ない」

「わかりました。やってみます」

陸破興は、この六カ月の厳しい稽古で少なからずくたびれた剣を入念に手入れし、すっかり新品同様にしてくれた。

「ありがとうございます。陸師匠」

「大会に出るんだから、これくらいは当然だ。あと、こいつも渡しておこう」

陸破興が差し出したのは、一振りの短剣だった。受け取った春燕は柄の形状を見て、すぐにこれがお嬢様の剣だと気がついた。陸破興がにこやかに言う。

「萬先生に頼んで、短剣に直してもらったんだ。せっかくだから、お守り代わりに持っておけよ」

師の心遣いに、春燕は胸が一杯になった。

全ての支度が終わると、三人は馬車を雇い、金陵へ出立した。


金陵こと南京《なんきん》は、古くから江南《こうなん》一帯の中心として栄えてきた場所だ。長い歴史の中、幾度も王朝の都に選ばれている。現王朝の明《みん》も、当初は南京が都だった。北京《ぺきん》へ遷都《せんと》した後もその繁栄は衰《おとろ》えず、今なお南方における文化・商業の中心として君臨し続けている。

春燕達は南京に着くなり、まず宿を探した。既に金陵大会が間近なのもあって、街は剣筆家や文化人が続々と集まっている。旅の疲れを癒《いや》すため、初日は早々に休んだ。

翌日、朝早くに街のあちこちで爆竹の音が鳴り響いた。大会の会場である広大な屋敷に、四百人余りの若い剣筆家達が顔を揃えた。男女織り交ぜ、十四から二十歳くらいの年齢で占められている。金陵大会は、有望な若手剣筆家を見つけだす目的で開かれており、既に数十年の歴史がある。運営は『神筆荘《しんひつそう》』、『秀宝書会《しゆうほうしよかい》』、『華剣社《かけんしや》』といった有力な剣筆家の組合が協力して行う。協力とはいいつつ、どの組織も自分達の勢力から大会優勝者を出したがっており、熾烈《しれつ》な競争相手でもある。ここ数年は、とりわけ鉄墨会が力を伸ばし、大会の上位者は殆どが関連組織からの出場者だった。また大会には、特別な来賓《らいひん》として皇族の恭王《きようおう》――本名は朱衍《しゆげん》という――も姿を見せるという。彼は現皇帝の五番目の弟だ。剣筆に深く通じており、大会優勝者へ直々に優勝杯を渡す役割を担《にな》っている。

春燕は酷く緊張していた。周囲は同じ若手ばかりとはいえ、名家出身の剣筆家もおり、自分のような侍女風情とは比べものにならない身分だ。韓九秋は彼女の不安にいち早く気がつき、いつもと同じく淡々《たんたん》とした調子で励ましてくれた。

「案ずるな。お前は我々の弟子、ここにいる人間の誰と比べても劣りはしない」

「は、はい」

大会運営の代表者として、一人の剣筆家が挨拶《あいさつ》を述べるべく壇上に現れた。その人間を見て、春燕の胸はざわついた。

斐家の仇、段玉鴻だったのだ。彼はきらびやかに着飾り、笑顔を浮かべながら話し出した。金陵大会の歴史に始まり、剣筆家としての心得や、優れた剣法とは何であるか……春燕は聞くうちに沸々《ふつふつ》と怒りが湧き上がってきた。斐家を陥《おとしい》れた張本人が、さも善人のような口振りで立派なことを語っている。

大きく息を吸い、心を落ち着かせる。怒りに惑わされてはいけない。必ず勝ち上がって、斐家の真実を証明してみせる。

段玉鴻の長い挨拶が終わると、選手達はそれぞれ解散した。

そこへ陸破興がやってきた。広場の奥で受付が始まったらしい。案内された場所へ向かうと、既に長蛇の列が出来ている。半刻ほど並んで、崔春燕の名で申し込みを済ませた。

「あら」陸破興と共に韓九秋のもとへ戻る途中、冷や水のような声が飛んできた。「あんた、来たの」

振り向いた先にいたのは、段素桂だった。山吹色の衣装に身を包み、肩には剣をかけている。見下しきった視線に、思わず萎縮《いしゆく》しそうになる。それをぐっと堪《こら》え、春燕は言った。

「そうです。来ました」

段素桂がせせら笑う。

「奴隷の分際で私と渡り合うつもり？」

「私が奴隷なら、あなたは何だっていうんです？　あなたは泥棒です。私は、泥棒には絶対負けません」

背を真っ直ぐに伸ばし、はっきり通る声で言い返す。段素桂は微《かす》かにたじろいだが、あしらうように鼻で笑うと、きびすを返して人混みに消えていった。

すぐ後ろに控えていた陸破興が、春燕の肩へ優しく手を置いた。

「よく言ったな。かわいい弟子よ」

春燕はぎこちなく振り向き、かろうじて笑った。

「で、でも、足が震えちゃいました」

「いいや、格好よかったぜ。本番もその調子で行け。あいつとお前じゃ、そもそも背負ってるもののデカさが違うんだ」

師の励ましに、春燕は胸が熱くなった。

「はい！」

その時、広場の中央で銅鑼《どら》が鳴った。大会の主催にして審判を務める老剣筆家・丁剛《ていごう》が、壇上で声を張り上げた。

「お集まりの若き剣筆家の方々、今日はよくぞ参られた。まず予選に関して、説明させていただく。これより半刻後、そなた達は金陵の街へ繰り出し、人々の前で自らの技を披露してもらう。開始の銅鑼が鳴らされてより二刻以内に、銀百両以上を稼いだ者だけが、本戦へ進む権利を得る。金額のほどは各自に任せるゆえ、一両で売っても、百両で売っても構わないものとする。以上」

人々はめいめい頷いた。銀百両は相当な額だが、なんといってもここは金陵、金持ちも少なくない。それに大会目当てで普段より大勢の人間が集まっている。誰の瞳にも、闘志が燃え上がっていた。

丁剛の話を聞きつけた韓九秋は、既に金陵の町中で人目につきやすい場所を確保していた。すぐさま、演舞の準備にとりかかる。春燕が剣を研ぎ、陸破興は岩紙を用意した。ふと周囲を見渡せば、彼女と同じく若い剣筆家達が試合の支度に追われている。

正午、試合開始の銅鑼が鳴った。

春燕は師匠達の提案で、筆代を二両に定めた。五十人の客に彼女の字を買ってもらえれば、第一試合を突破出来る計算だ。陸破興が見てまわったところ、相場は大体一両から三両だった。強気な者は、五両以上の値を出している。

通りに人が押し寄せてきたところで、韓九秋が耳打ちした。

「春燕、そろそろ頃合いだ。技を見せるぞ」

「はい」

春燕は鞘《さや》から剣を引き抜くと、声高々に詩を吟《ぎん》じた。

「数間の茅屋鏡湖《ぼうおくきようこ》の浜《ひん》、万巻の蔵書貧を救わず――」

剣が岩紙の上を滑り、なめらかに字が刻まれていく。人々が、足を止め始めた。

「燕《つばめ》は去り燕は来たりて還《ま》た日を過ごし、花は開き花は落ちて即《すなわ》ち春を経《へ》たり――」

人々の視線を感じながら、春燕は舞い続けた。大勢の前で技を披露するのは初めてだったが、それほど緊張しなかった。大会前に韓九秋が言った通りだ。自分が卑しい侍女だなんて忘れてしまえばいい。他の誰かになりきるのだ。武芸装束をまとい、丹念に化粧を施しているおかげもあって、それはさほど難しくなかった。

詩を書き終えた瞬間、周囲から拍手が巻き起こった。思いがけぬ有様にぽかんとしたところを、陸破興に背中から小突かれる。慌てて、観客に返礼した。

「あ、ありがとうございます。私は杭州より参りました、崔春燕と申します。まだ若く、技も拙《つたな》い身ですが、どうかお引き立てよろしくお願いします。え、えっと――」

頭がこんがらがって、咄嗟《とっさ》に言葉が続かなくなったところを、陸破興がにこやかに引き取った。

「さてお集まりの皆々様、ご所望であれば銀二両にて、我が弟子が古今問わず、あらゆる詩句なり文句なりを刻んで差し上げましょう。どうぞお並びを！」

春燕はほっと安堵《あんど》して、師を振り向いた。

「すみません。剣法だけじゃなくて、人前で話す練習もするべきでした」

「大したことじゃない。気にするな。それよりほら、忙しくなるぞ」

陸破興の言う通りだった。たちまち観衆から五、六人が進み出て、春燕の剣筆を求めてきたのだ。急いで短剣を抜き、差し出される石や木板に夢中で字をつづっていく。

人々の列は延び続け、一向に減る様子が無い。春燕は休む暇も無かった。時折、韓九秋が淹《い》れた冷たい茶を飲み、すぐまた次の客の字を刻む。

気がつくと百九十両がたまり、あっさり予選の基準を突破してしまった。信じられない。春燕は驚きと喜びで夢心地になった。これまで、お嬢様や二人の師匠にも剣筆の才能があると言われたけれど、実感は少しもなかったのだ。けれど、今なら心から自分の技量のほどを信じられる。

銀の積まれた盆を手に、陸破興が大きく頷く。

「いやあ、やはり俺の教えた技がよかったな」

「いや、彼女が最初に書いたのは陸游《りくゆう》の詩だ。あれで客が集まった。演舞するよう言ったのは私だ」

淡々と口を入れた韓九秋へ、陸破興がにんまり微笑む。

「だが剣術は俺が教えたんだ」

「観客は剣術ではなく詩にひかれたのだ」

「おいおいやめようぜ。弟子の前で手柄争いはみっともねえよ」

「先に余計なことを口走ったのはお前だったと思うが」

どちらも笑みを張りつけているが、言葉は刺々《とげとげ》しく、今にも喧嘩になりそうな雰囲気だ。

「あ、あの、やめてください……」

春燕がもじもじしながら呟くと、二人の男は互いに顔を背けた。陸破輿が指で顎《あご》先を撫でながら言う。

「しかしまあ、予選は無事通過だな。俺は今から、稼いだ銀を運営に納付して、本戦参加を確定させてくる」

「私はいったん宿に戻って、夕食の準備をしておこう」

二人はめいめいに立ち去った。

春燕は店を畳《たた》んで、予選の終了を待った。周囲ではまだ多数の選手が演舞を続けている。

ふと、彼女は身を硬くした。通りで剣筆を披露している一団の中に、衝天剣門《しょうてんけんもん》の弟子達を見つけたのだ。しかも、剣を振るっているのはあの宋華卿《そうかきょう》だった。

ところが、よく見ると彼の周りにはさほど人が集まっていない。後ろで見守る弟子達の表情にも、焦りに近いものが浮かんでいる。春燕とすれ違った老人達が、ひそやかに話す声が聞こえた。

「衝天剣門は杭州で威勢よく振る舞っている割に、技の方はいまいち冴えませんなぁ」

「それもそのはず。見栄えばかりを気にして、剣筆の本質がわかっておらんのですよ。快《かい》・巧《こう》はともかく、志《し》にまるで力を注いでいない。あれでは詩人が泣いてしまいますな。見られたものではない」

春燕は納得した。

――金陵に来ている方の中には、剣筆を芸術としてしっかり評価出来る人達がいる。衝天剣門のように、大衆ばかりを意識しただけの技は、ここだと通用しないんだ。私も金陵の人々の眼鏡に適《かな》うような技を披露しなくちゃ。

喜びが湧いてくると同時に、気を引き締めた。

もう一度、衝天剣門の一団を見やる。あの様子を見る限り、宋華卿は本戦に進めず終わってしまうだろう。その事実だけでも、敗北の借りを返すにはじゅうぶんだと思った。

日が西にさしかかり始めた頃、銅鑼が鳴り響いた。予選終了の合図だ。無事に終わって春燕はほっとした。

店を開いていた場所で師匠達の帰りを待っていたところ、貧しい身なりの老人が目の前を通りかかった。歳《とし》は六十くらいだろうか。髪も髭《ひげ》も雪のように真っ白い。杖をついて、右に左によろめきながら進んでいる。片足が悪いのか、引きずり気味だった。人混みにも慣れていないらしく、誰かとすれ違う度に顔をしかめており、何だか危なっかしい。

春燕は捨てておけなくなって、声をかけた。

「あの、おじいさん、大丈夫ですか？」

「わしのことかね？」聞き返す声には張りと威厳《いげん》があり、春燕は少し驚いた。「心配には及ばんよ。道を急いでおるゆえ、構わんでくれ」

「どちらへ行かれるんです？　よろしければ送りますわ」

「いやお嬢さん、そんな苦労をかけるわけには」

「遠慮なさらないで。足を怪我《けが》していらっしゃるんでしょう。ここは人も多いですし、おぶって差し上げます」

「それでは、尚更悪いではないか」

春燕はにっこり笑った。

「ご心配なく。力には自信あるんです」

背中を差し出すと、老人はためらった末に体を預けた。背負った途端、春燕は違和感を覚えた。抱えた足は肉づきがよく、杖が要るようには思えない。肩へ回された腕を見れば、こちらも血色がよく、染み一つ無かった。常日頃健康で、いい物を食べている証《あかし》だ。それに着物も、継ぎ接《は》ぎだらけの見た目と異なり、生地はしっかりしていて厚みがある。

色んな疑念をひとまず押しやり、春燕は歩き出した。

老人が目指していたのは、金陵の街の裏も裏、かなり寂れた一軒の宿だった。興味が湧いた春燕は宿の前で老人を下ろしながら尋ねた。

「おじいさん、こんな場所に何のご用ですか？」

「実はな、字を書いてもらいに来たのだ」

「字？　剣筆ですか？」

「左様。ひとまず、中に入ろうか」

宿の戸を開けると、中は思いのほか広い。さらに驚いたことに、人でごったがえしていた。いずれも貧しげな身なりの者ばかりだった。宿の奥には、白い髭の老書生が腰を下ろし、短剣片手に黙々と字を刻んでいる。

「あちらの方は、江南の劉《りゅう》先生という御仁でな。わしらのような貧しい人間は、高名な剣筆家の方々に字を書いてもらうのが難しい。劉先生はそんな者達のため、金陵大会の折りに無償で字を掘っておられる。無論、無償となると金持ち貧乏人問わず客が大勢集まってしまう。そこで、この寂れた場所に呼んだのだ」

老人は劉先生のもとまで近づいていき、深く一礼した。

「ご無沙汰《ぶさた》しておりますな、劉先生」

老人の姿を見ると、老書生は即座に襟《えり》を正し、深々と一礼した。

「これは……！　お会いするのは五年ぶりですな。なかなかお姿が見えないので、此度《こたび》はお越しにならないのかと思いました。それより、お一人で参られたので？　御身に何かあったら大変なことですぞ」

「心配はござらぬ。幸い、こちらの親切なお嬢さんに助けていただいた」

春燕も進み出て挨拶した。

「崔春燕と申します。杭州より参りました」

「剣筆をやるのかね？」

「え……」

劉先生はにこやかに言った。

「お前さんの手、剣でも握らねばそうはなるまい。金陵大会にも参加しているのかね？」

「はい。幸い、予選も通りました」

「それは何より」老書生は深く頷いて、目の前の客に向き直った。「お待たせしましたな」

春燕は劉先生の脇に控え、彼が字を刻む姿を眺めた。

撫でるような、力のこもっていない優しい剣先の動き。にも拘わらず、字は深く、力強く刻まれていく。しかも、恐ろしく速い。詩の内容と字の雰囲気も完璧に合致していた。

これは大変な腕だ。春燕は仰天した。本腰を入れて、老書生の技を観察する。一見すると技は平凡で、特徴らしい特徴が無い。いや、そう見えるだけかもしれない。なめらかで落ち着きに満ちた剣筋は、修練の深さを感じさせる。技量の差がありすぎて、実力の底を見極めるのも難しかった。

一体、この方は何者だろう。腕前でいえば、陸破興や韓九秋はもちろん、自分が知る限り一番の達人だった旦那様をも上回っていると思った。会ってまだ間もないが、春燕はすっかり敬服していた。

劉先生は立て続けに字を書いてもまるで疲れを見せなかったが、客は次々にやってきて終わりがない。春燕は思わず口を出した。

「先生、よろしければ私がお手伝いします」

「ほほう、お前さんがかね。わしの客は金を持ち合わせておらぬが、構わんかな?」

「大丈夫です。私、先生の字を見ていたらうずうずしてきて。正直、今日は書き足りない気分だったんです」

老人の横に座ると、お嬢様の形見の短剣を抜いた。春燕が大会予選を通った剣筆家であると打ち明けると、人々は喜んで石や竹簡を差し出したので、張り切りながら字を刻み始める。正直なところ、金陵大会の客には、金にものを言わせる横柄な態度の人間も少なくなかった。けれど、この場にいる人々は、春燕の字をとても有り難がってくれる。それが嬉しかった。

そんな中、春燕がつれてきた白髪の老人は、人々の列に並ばず、遠巻きに眺めているだけだった。会った時から抱いていた疑念が、ますます深まる。

――この方、字を掘ってほしかったんじゃなかったのかしら。

全ての客が片づくと、小さな宴会が開かれた。白髪の老人は、春燕と劉先生のそばへ近づいて言った。

「お嬢さんの字はのびのびとして、とても心がこもっておる。師匠はどなたかな？　さぞ高名な方に学んだのだろう」

春燕はためらった。陸師匠も韓師匠も隠遁《いんとん》の身、軽々しく名を明かすことは出来ない。二人は自分のために、継ぐはずだった七光天筆の称号も捨てている。達人とはいえ、無名に等しい状態だ。

劉先生もすぐに察した様子で微笑んだ。

「優れた人物は、みだりに世間へ名を出さぬものじゃ」それから嘆息《たんそく》してつけ加えた。

「ここ十年あまり、鉄墨会が台頭してからというものの、多くの剣筆家達は金儲《もう》けに目が眩《くら》み、時に凄惨《せいさん》な事件も起こしておる。人々が芸術の価値を認め、高い値をつけるのはまあよいとして、剣筆が単なる金儲けの手段になってしまうのは、嘆《なげ》かわしいものじゃな」

春燕は、旦那様やお嬢様が剣筆を原因とする争いの犠牲になったのを思い出し、急に悲しくなった。

白髪の老人は期待に満ちた目で、春燕を見た。

「こうして会ったのも何かの縁、お嬢さんには是非《ぜひ》とも正しい心がけで剣を振るい続けてほしいものだ」

その言葉に、劉先生が深々と頷く。

「木《もく》殿のお言葉、我が意を得たりですじゃ」

木……？　春燕は驚きに目を見張り、老人を上から下まで眺めた。それから、恐る恐る尋ねた。

「あの、お爺《じい》様。もしかして、名を牛五と仰《おっしゃ》るのではありませんか？」

老人が、微かに眉根を寄せた。

「そなたは誰だ？　どこでその名を？」

この人が！　本当に、探していた木牛五様だった！　春燕は興奮のあまり、整理されていない言葉でまくし立てた。

「えっと、その、私、お探ししていたんです！　旦那様が、いいえ、斐士誠様が、金陵大会であなた様に会えと仰って！　会って、それから、ええと——」

「まあ、まあ、待ちなさい」木牛五は子供をなだめるような手つきで、彼女を制止した。「どうやら大事な話らしい。わしが理解出来るよう、順を追って最初から説明してくれぬか」

春燕は心を落ち着かせ、ゆっくり語り出した。斐士誠の死とその遺言、それから自分の素性と金陵大会に参加するまでの経緯を。最後に、彼女は剣を抜いてつけ加えた。

「これを見てほしいんです」

その場で披露したのは例の『虞姫翻袖』の型だ。

木牛五は重々しい表情を浮かべ、長らく黙り込んでいた。嘆息し、天を仰ぎ、それから春燕に顔を戻して言った。

「なるほど。もし、今のが全て真実なら……いや」彼は途中で首を振った。「崔春燕とやら、そなたの話は確かに聞いた。技も見た。そなたを信じよう。しかし、この場では何もしてやれぬ」

「それじゃ、旦那様の遺言は……」

「士誠の考えを知り、その願いを果たすには、明日の大会まで待たねばならぬ。確かめねばならぬことがあるのでな。そなたは、ひとまず本戦で全力を尽くすのだ。わしはそなたを信じる。そなたも、わしを信じてくれるかの？」

木牛五に会えば、すぐにでも斐家の仇討ちが出来ると思っていた春燕は、少なからず失望していた。けれども、彼の言葉には重みと誠実さを感じる。今は素直に従い、自分に出来ることをやるしかないだろう。

「はい。わかりました」

段素桂が宿へ戻ると、父親は長椅子《いす》にもたれ、憂《うれ》いを帯びた表情を浮かべていた。今回の大会に、父娘は万全の準備で臨んでいた。段家が斐家の正統な後継者だと証明するには、立派な実績を作る必要がある。そのためにも、この大会には絶対勝たなければならないのだ。

今のところ、万事順調で進んでいるはずだった。だが、父の顔つきを見て、段素桂の自信は微かに揺らいだ。

「どうなさいました、父上？　何かあったのですか」

「ふん、何かあったどころじゃないよ！」

横からかん高い声が飛んだ。母親の沈《しん》二娘《にじょう》だ。娘の晴れ舞台を見るため、父について金陵へやってきたのだった。今朝は「早く大会を終えてのんびりしたいもんだねえ」とにこにこ話していたのに、今は落ち着きなく部屋をうろつき、焦りと苛立《いらだ》ちを露にしている。

　仔細を尋ねようとした途端、母が勢いよく言葉を被せてきた。

「この前、あんたは得意げに話してたでしょう。逃げ出したあの奴隷は狼狽《うろた》えきって、とても剣を振るえるような状態じゃなかった。よしんば大会に出ても、勝ち残れやしないって。全然話が違うじゃないの。これを見てごらん！」

　手に持っていた紙を突き出す。それは、本戦参加者の一覧だった。名前の横には、予選で稼いだ金額も載っている。段素桂は春燕の名を見つけ、あんぐり口を開けた。

「あの奴隷が、百九十両も稼いだのですか？」

「恐るべき腕だ。本戦参加者の中でも上位に食い込む金額だぞ。まさかこれほどとはな」

　咎《とが》めるような眼差しを向けられ、段素桂は敵愾《てきがい》心が湧いた。あんな卑しい人間に劣るなどと、少しでも父に思われたのが耐えられなかった。確かに、斐家の乗っ取りに際しては卑怯《ひきよう》なこともやったが、一流の剣筆家になるべく、彼女は血の滲《にじ》む努力を積んできた。小細工など必要としない実力をつけた自負がある。

「あたくしは誰にも負けません。負けないように、稽古を積んできたのです。予選でも、百七十八両稼ぎました。あいつとそこまで差があるとは思えません」

「いや、あの奴隷は百九十両に達した時点で演舞をやめたが、予選の時間はまだ半分ほど残っていた。続けていれば、もっと稼いだだろう……」

これには、段素桂も言葉が無かった。自分は予選の制限時間ぎりぎりまで演舞を続けていたからだ。

「負けるなんてとんでもない。勝って当然よ！　あんたの剣法を完璧にするために、どれだけ金と時間を使ったと思ってるの！」

母が忌々《いまいま》しげに怒鳴った。父は壇師《だんし》とはいえ、実力も指導力もさほど高くない。一人で斐家の秘伝を研鑽《けんさん》し、素桂に伝授するのは困難だった。そこで外部の達人を何人も雇い、指導を手伝ってもらっていたのだ。使った金の額は相当なものだった。

「こんなことなら、天芯とあの奴隷が逃げ出した時、放っておかずにきちんと始末すべきだったよ。案の定、子犬がでっかくなって嚙みついてきたじゃないの」

そもそも、斐家の乗っ取りは主に母の計画だった。剣筆の名門・斐家に嫁ぎ、豊かに暮らしている伯母《おば》を、母はずっと憎んでいたのだ。剣筆家として富や名声を求めていた父も、この企《たくら》みに乗った。そこで伯母が病で亡くなると、斐士誠が家政の担い手を失ったところへつけ込み、手伝いを申し出た。

最初は斐家の人間を全員毒殺するつもりだった。しかし、殺人は足がつく可能性が高い。

実行をためらっていたところ、折よく斐士誠が旅先で病にかかったので、彼を監禁し、病が悪化して亡くなるように仕向けた。残った娘の斐天芯には、日常的な虐待《ぎゃくたい》を続けた。そのうち精神的に参って、自害するだろう。もし駄目なら、日頃身の回りの世話をしている春燕が運ぶ食事に毒を混ぜ、殺してしまえばいい。罪をあのとろい侍女に押しつければ、万事解決する。もともと斐家にいた使用人は父が殆ど追い出したが、春燕ただ一人を残したのは、そうした意図によるものだった。

ところが、天芯と春燕はある晩屋敷から逃げ出した。母は追っ手を出して連れ戻そうとしたものの、父が途中でやめさせた。天芯は長い看病で父親と同じ病にかかっている。慣れない旅で身体《からだ》を酷使すれば、途中で悪化して死ぬだろうと思ったのだ。しかし後になって、鉄墨会の仲間を通じ、天芯が斐士誠の兄弟弟子を頼りに行ったのだとわかった。そうなると捨て置くわけにもいかない。急ぎ、各地に人を遣わして、行方を調べた。結果、天芯は既に亡くなっていた。残った春燕は仲間割れしている崔家の弟子達のもとにいたが、素桂が実際に会ってみた限りでは、とても脅威《きょうい》になりえないという。

もはや邪魔者はいなくなった。安堵して大会に臨んだ矢先、まさかこんな事態になろうとは。

「何とかならないものかねえ。あの奴隷を、どうにかして大会から追い出す口実があればいいんだけど……」

母がぶつくさと呟いていたところ、部屋に下男が入ってきて、父に何事かを耳打ちした。

「ほう、なるほど。そんなことがあったのか……」

「何よ？　どうしたの？」

母が勢い込んで尋ねる。父はからからと笑い、長椅子から立ち上がった。

「よい案が浮かんだぞ。あの奴隷は、本来ならば本戦にすら進めてはならなかった人間だ。ここらで、手を打っておかねばな」髭をしごき、段素桂へ言った。「許《きょ》先生を呼んでこい」


宿に戻った春燕は、二人の師匠に慌ただしく出迎えられた。陸破興が真っ赤な顔になってたしなめる。

「まったく、どれだけ探し回ったと思ってるんだ。段家の連中に拐《かどわ》かされたかと思って、危うく乗り込むところだったんだぞ！　今度勝手に消えたら、お前の首に輪っかをつけてやるからな」

「す、すみませんでした」

春燕は何度も頭を下げて、事の次第を話した。韓九秋は劉先生の名を聞いて酷く驚いていた。

「もしかすると、江南十神墨《じゆつしんぼく》の劉先生か？　あの方が金陵大会に来ていたのか……」

「さあ、江南十神墨とかいう渾名《あだな》までは聞きませんでした。木様とは、古くからの知り合いだったみたいです」

「木牛五ってのは、もしかすると著名な剣筆家の隠れ名かもしれないな。世俗を嫌って、本名を極力明かそうとしない剣筆家もいるだろ？　いずれにせよ、大会で勝ち上がることが全てだ。二人とも、これを見ろよ」陸破興が一枚の紙を卓上へ広げた。「明日の本戦参加者の一覧だ」

春燕が覗いてみると、本戦参加者は四十二人。真ん中のあたりにちゃんと自分の名前があった。上の方に、段素桂の名前も見つけた。彼女もやはり勝ち残ったのだ。

韓九秋が口端を不愉快そうに曲げて言った。

「本戦の選手は、やはり鉄墨会関連の門派出身者が多いな」

選手名の横には、所属している門派の名前が書かれている。春燕のように門派を無記名にしている選手はごく僅かだった。陸破興が冷ややかな笑みを浮かべた。

「聞いた話じゃ、予選突破の基準も、鉄墨会に関わりのある選手だと三十両ばかり引き下げが行われるらしい。そりゃ、本戦参加者に偏りが出るわけだな」

春燕は各地の門派について詳しくないが、二人の師匠は大会におけるからくりをすっかり見破っている。衝天剣門が崔天明にしかけたような細工をされるのでは、と不安になった。

「大会本戦の審判でも、鉄墨会に有利な判定が行われるんでしょうか」

「そこまであからさまな真似《まね》はすまいが、警戒は必要だな。なに、お前は鉄墨会が作った卑怯な基準の中で、本戦に勝ち残れたのだ。そのことは自信に思うべきだぞ」

韓九秋の励ましに、陸破興も同意した。

「そういうこった。大会運営者は鉄墨会の人間で埋め尽くされてるわけじゃない。あまり深く考えるな。今日はもう休めよ」

春燕が頷いた矢先、宿の戸が激しく叩かれた。

何事かと思って迎えに出ると、外にいたのは十数人の男達、腰には銀色の牌《はい》を提《さ》げている。一目で、金陵大会の運営者達だと知れた。先頭にいたのは大会の主催である剣筆家の一人、許啓《けい》だった。彼は厳《おごそ》かな声で聞いた。

「杭州の崔春燕だな？」

「はい」

韓九秋達が異変に気づいて、春燕のもとへ駆けつける。咳払いした許啓は巻き取った紙を広げ、朗々《ろうろう》と読み上げた。

「杭州の崔春燕は、規定違反により大会本戦への参加資格を取り上げるものとする。以上」

これは青天の霹靂《へきれき》に等しかった。春燕は肌という肌が冷たくなり、それから目が覚めたように反駁《はんばく》した。

「ど、どうしてですか？　私、違反なんかしてません！」

「証拠がある。連れてこい」

一人の若い男が、千鳥足で春燕の前に姿を見せた。その貧しい身なり、彼女はぎょっとした。寂れた宿で、劉先生と一緒に自分が字を刻んでやった人間だったのだ。

許啓が強い語気で言った。

「崔春燕、予選通過の後、多数の者に無償で字を掘ってやったそうだな。この男が教えてくれたぞ」

「確かに掘りました……。で、でも予選が終わった後のことです。大会の規定には、予選以外で字を掘ってはいけない決まりなんか無かったはずです」

「それが駄目なのよねえ」

冷ややかな声と共に現れたのは、他ならぬ段素桂だった。春燕は仰天した。

「あなたは……」

「春燕、残念だったわね。予選をすんなり通過出来て調子に乗ったのでしょう。ほんと、屋敷にいた頃と同じでお馬鹿《ばか》さんね」

韓九秋が口を出した。

「試合以外の場で剣筆の技を使うのが、規定違反だという根拠はあるのか？　いつそんなことが決まった」

「本日からよ。大会の主催者が協議のうえで決めたの」

「そんなふざけた話があるか！」

怒鳴る陸破興に負けじと、段素桂が言い返す。

「責めるなら、余計な出しゃばりをしたお弟子さんを責めることですわ！　自業自得です。許先生、用事も済みましたし、行きましょうか」

「待て！　この野郎――」

飛び出した途端、待ちかまえていたかのごとく相手側も動いた。五、六人が部屋の中でもみ合い、たちまち乱闘になる。春燕はおろおろして後ずさった。突然、右腕に焼き印をおしつけられたような痛みが走った。

「貴様！」

陸破興が怒声と共に、一人の男を蹴り倒す。その右手には匕首《あいくち》が握られ、刃は赤く染まっていた。春燕はようやく、自分が利き腕を切りつけられたのだと知った。白い肌に、真っ赤な深い裂け目が走っている。

「皆、やめい！」

許啓の一声で、男達はすぐに退《ひ》いた。

「全ては貴公らのしでかしたことだ。これ以上事態を荒立てれば、参加取り消しだけでは済まさぬぞ」

「どう済まさぬというのだ？」

韓九秋が殺気に満ちた視線を向けると、許啓は気圧《けお》された様子で後ずさった。

「話は以上だ。これで失礼する」

捨て台詞《ぜりふ》と共に、配下を連れて引き上げる。段素桂の高笑いが響き渡った。

春燕はぐったりと膝《ひざ》を崩した。右腕から血が溢れ出していたが、本選出場権剝奪《はくだつ》という事実に衝撃を受け、まるで痛みを感じない。陸破興が地団駄を踏む。

「くそったれ！　まんまとはめられた。くそっ」

「いいから、春燕の手当てをしろ！」

二人は春燕の身体を支え、椅子に座らせた。陸破興が膏薬《こうやく》を塗り、韓九秋が布を傷口に巻く間も、春燕は魂が抜けたように呆然《ぼうぜん》としていた。

自分のしくじりに耐えかねた様子で、陸破興が春燕の肩を強く摑《つか》み、懇願《こんがん》するように言った。

「春燕。俺のせいだ。俺を殴れ」

春燕は力なく首を振った。

「殴らないのか！　だったら――」

彼は卓上にあった剣を引き抜き、自分の腕を刺そうとした。春燕ははっと我に返り、陸破興の腕にむしゃぶりついた。

「お師匠様！　いいんです、もういいんです！」

抑えていた感情がどっと溢れ、春燕は泣き崩れた。陸破興が剣を投げ捨て、無言のまま彼女を抱きしめる。韓九秋も嘆息し、顔を背けた。

ようやく涙がおさまると、春燕は無理矢理笑ってみせた。

「私が、いけなかったんです。段素桂の言った通り、調子に乗ってたんです」

「あいつら、何が規定違反だ。お前と戦って負けるのを恐れたのさ」

「恐らく、鉄墨会は春燕が予選を勝ち残れないとたかをくくっていたのだろう。あてが外れ、慌てて難癖をつけに来たのだ。斐家ゆかりの人間が本戦に出るだけでも、段家の悪事が暴かれる可能性は避けられないのだからな」

陸破興が春燕の腕を見た。

「春燕、怪我は大丈夫か？」

「はい。そんなに深くありません。でも……」

彼女はいきなり椅子を下りて、叩頭しようとした。韓九秋と陸破興が慌てて止める。

「おい、何の真似だ」

「今日まで沢山ご指導していただいたのに、私のせいでこんなことになってしまいました。それが申し訳なくて……」

「師弟の間に、詫《わ》びなど無用だ。我らに落ち度があったにせよ、お前にあったにせよ、それは皆で負うべきで、お前だけの問題ではない」

春燕は涙ながらに頷いた。陸破興が乱暴に袖を振る。

「やめだやめだ。春燕、明日になったら杭州に帰るぞ。こんな卑怯者だらけの大会、出るだけ損だ。ぱっと宴会でも開いて、憂《う》さを晴らそうぜ」

首を振って、春燕は無理に微笑んだ。

「いいえ、私、試合を見ていきます。誰が勝つのか、気になりますし」

「見たくねえものを見るだけさ」

陸破興が舌打ちする。結果はわかっているとでも言いたげだった。

五、因縁の果て

翌朝、本戦が開かれた。予選を突破した選手達による勝ち抜き戦で、それぞれが壇上で技を競う。審判は大会の主催者である丁剛《ていごう》が務めた。

春燕《しゅんえん》は二人の師と共に、観戦席でぼんやりと試合を眺めた。本当なら、自分も壇上で技を振るっているはずだったのに。

審判席の背後には、特等席が用意されていた。御簾《みす》で隠され、座っている者の姿は見えない。

——ああ、そういえば皇族の方がいらっしゃったんだ。

恭王《きょうおう》こと朱衔《しゆげん》があの席に座っているに違いない。あれほど高貴な方が見ている大会で勝利を飾ったら、段《だん》家が斐《ひ》家の正統な継承者だと誰もが認めてしまうだろう。春燕の心は沈んでいくばかりだった。

段素桂《そけい》は順調に勝ち進んだ。彼女の垓下剣法《がいかけんぽう》は見事で、かなりの修練を積んできたのは間違いなかった。ただ、彼女の試合における審判の判定には、いくらか怪しい部分も見受けられた。恐らく鉄墨会《てつぼくかい》の手の者が関わっているのだろう。

夕刻、全ての試合が終了した。

結果は段素桂の優勝だった。決勝の相手は、鉄墨会とはまったく関わりのない若手の剣《けん》筆《ひつ》家で、実力は段素桂より上に見えた。試合は五戦行われ、三対二で段素桂がぎりぎり勝利をおさめたが、釈然としない観客もいたようだった。

試合後に、段玉鴻《ぎょくこう》が挨拶《あいさつ》に出る。

「お集まりの方々、我が段家はかの偉大な剣筆家、斐士誠《しせい》の親戚であり、彼の死後、その志《こころざし》を継ぐべく――」

春燕の体は小刻みに震えていた。でたらめだ。何もかも。だけど敗者の彼女には、口を開く権利すら無い。段玉鴻が朗々《ろうろう》と演説を続ける中、黙って唇を噛《か》みしめることしか出来なかった。

翌日、優勝祝いの祭が開かれるという。段素桂が輿《こし》に乗り、大勢の人間を引き連れて金《きん》陵《りょう》の街中を回るのだ。最後はこの会場に戻り、恭王から直々に優勝杯を受け取るという。

陸破興《りくはこう》と韓九秋《かんきゅうしゅう》は、試合会場から戻るなり、春燕を部屋で休ませた。明日は早くに金陵を立ち去るつもりだ。優勝祝いなどを見せて、これ以上弟子の心に傷を残したくはない。

二人は近くの楼閣《ろうかく》へあがり、無言のまま酒と茶をあおった。

「くそったれだ」

陸破興が呟《つぶや》くと、韓九秋が尋《たず》ねた。

「段家と鉄墨会のことか?」

「連中はもちろんだが……俺自身もさ。師匠を死なせ、友蘭《ゆうらん》を出家させ、春燕を教えて少しでも償《つぐな》いが出来ればと思っていたのに、またこのざまだってな」

「お前だけのせいではない」

「へっ、お前なんかに同情されるんじゃ、いよいよ俺も終わりだぜ」

陸破興は皮肉な笑みを浮かべつつ、自分の杯を韓九秋へ突き出した。韓九秋も茶碗《ちゃわん》を差し出し、杯とかち合わせ、一気に飲み干す。

「こいつはもしもの話に終わったが、全部が無事に済んだら――」陸破興は杯を揺らしつつ、話し続けた。「気ままに旅へ出ようと思ってたんだ。もう何年も杭州《こうしゅう》を離れてなかったからな。色んな場所へ行って、画を描いたり、詩を詠《よ》んだり……」

「奇妙な偶然もあったものだ」韓九秋は茶碗を卓へ置きながら言った。「私も、お前と似たようなことを考えていた。杭州にいた数年、自分で自分を駄目にしていた。もう一度、一から己を見つめ、鍛え直す旅がしたいと思っていたのだ。生憎《あいにく》と、こんな形で大会を終えてしまったが」

苦々しい顔になって、再び茶を注ぐ。陸破興はふーっと大きな息をついた。

「だが、一番気がかりなのは春燕のことさ。俺は、どうやってあいつを立ち直らせたらいいのかわからないぜ。斐家の仇《あだ》討ちは、完全に失敗しちまった」

「そうだな。これから、どうすべきやら……」

いい案が浮かぶわけもなかった。二人は、また無言で酒と茶をあおる。

そこへ、ゆったりとした足取りで近づく者がいた。穏やかな顔つきをした老書生だ。陸破興と韓九秋の前に来ると、それぞれに丁重な一礼をしてから言った。

「お初にお目にかかります。お二人は、崔《さい》春燕の師匠でございますかな？」

二人はためらいがちに頷《うなず》いた。相手の素性がわからず、韓九秋が尋ねる。

「失礼ですが、どちら様で？」

「それがしは劉楓《りゅうふう》と申す」

二人は共に驚いた。今度は陸破興が用心深く聞き返す。

「もしや、あの江南十神墨《こうなんじゅっしんぼく》の？」

かつて江南で名を馳《は》せた十人の剣筆家を、人々は江南十神墨と呼んでいた。その大半は既《すで》に亡くなるか引退しており、今では半ば伝説の人物となっている。劉楓は、その十神墨の一人だった。

「いやはや、お恥ずかしい。その名はもう無いも同然ですじゃ。ここへ参りましたのは、ご両名のお弟子について、お詫《わ》びを申し上げるため。先日、あの子の剣筆を拝見させていただきましたが、技は正確で、字にも心がこもっており、大変に敬服したものです。聞けば、そのお弟子さんが鉄墨会の妨害で本戦に参加出来なくなったとか。金陵に住んでいる友人から詳しく話を聞いたのですが、全てはこのわしの軽率のせいですじゃ。わしはいつも大会の時に、裏路地で近しい知り合いに字を掘っていたのだが、その一人がお弟子さんの行いを鉄墨会へ密告したとか。誠に、申し訳のないことじゃ」

「いや、なに……」と韓九秋。今更謝罪されたところで、どうしようもない。

「お二方もかなりの達人とお見受けしますが、わしは寡聞《かぶん》にして存じあげない。はて、どちらの門下でいらっしゃいますかな？」

劉老人の来意がわからないものの、悪意は無いと見て、陸破興らは自分達の素性や、大会に参加した目的をあらかた話した。

劉楓の表情がいよいよ曇《くも》る。

「なるほど……。そのような事情がおありだったとは。ますます、申し訳のないことをしてしまった。わしはもう、この業界から引退して二十年近くになりまする。年々、勢力争いと金儲《もう》けが酷《ひど》くなる剣筆界に、辟易《へきえき》してしまったのが原因ですじゃ。しかも、状況はますます酷くなる一方。どこかで歯止めをかけなければと思いつつ、何も出来ませなんだ」

陸破興は深く頷いた。

「気持ちはわかります。我々の師も、斐先生も、そうした争いの犠牲者ですからね」

「しかし、劉先生。わざわざここへ参られたのは、どのようなわけで？　まさか、ただ世間話をしに来たのではありますまい」

「うむ。前置きが長くなってしまいましたな。実は、わしと、何人かの友人達で、お二人と春燕のため、何か手伝いが出来ぬかと考えておったのです。鉄墨会の行為は、まったくもって許し難い。もしお二人の同意がいただけるのであれば、是非《ぜひ》とも明日の祝勝会で、ひと騒ぎ起こしたいと思っているのじゃが……」

陸破興と韓九秋が、ちらっと目を交わす。それから、陸破興が身を乗り出した。

「是非、お考えをお聞きしたい」

春燕は早くに起き、帰りの支度を整えた。風呂敷に着替えを包んでいると、お嬢様の形見の短剣が目に留まった。

春燕の瞳に、じんわりと涙の粒が盛り上がる。

――お嬢様、ごめんなさい。私は肝心な時、いつも役立たずでしたね。こんな結末、望んでいなかったのに。

その時、部屋の戸が叩かれた。

「春燕、起きているか」

韓師匠の声だ。春燕は急ぎ涙を拭《ぬぐ》い、戸を開いて招き入れた。

「韓師匠、何かお話でも？」

「武芸装束に着替えておけ。そして、我々が合図するまで、西の美香楼《びこうろう》という楼閣の二階で待っていろ」

「え……ど、どういうことですか？」

「すぐわかる。いいから、言う通りにしておけ」

韓九秋の口元に、不敵な笑みが宿った。

言われるままに着替え、春燕は美香楼の二階にぽつねんと座っていた。そこは窓側の席で、広場を通る大会優勝者の参列が一望出来る。

――一体、何をするつもりなんだろう。

その日の金陵は、朝からお祭り騒ぎだった。段素桂の勝利を祝うため、鉄墨会の門弟が人々に手持ちの花火や竹製の笛を配っている。

昼過ぎ、通りがにわかに騒がしくなった。銅鑼《どら》と太鼓《たいこ》、喇叭《らっぱ》の音が鳴り響き、金陵大会の行列がぞろぞろと行進してくる。行列は衣装も旗も深紅《しんく》で統一され、見るからに派手派手しい。中央の輿には段素桂が座り、人々へ花のような笑顔を振りまいていた。

見ているのが辛《つら》くなって、思わず俯《うつむ》いた。

その時――。

「衆芳揺落《しゅうほうようらく》するも、独り喧妍《けんけん》たり！」

行列の音楽をかき消さんばかりの、雄々《おお》しい声が通りへ響きわたる。

彼女ははっと顔を上げた。これは林和靖《りんなせい》の『山園小梅《さんえんしょうばい》』だ。顔を上げて、楼閣の窓辺に身を乗り出した。そこへ、もう一つの声が飛んだ。

「風情《ふうじょう》を占《し》め尽くして、小園《しょうえん》に向かう！」

こちらはのびのびとして、優雅な声色《こわいろ》。

ていた。

春燕は驚き、両手で口元を覆《おお》った。

金陵の広場の東西に、大きな旗竿《はたざお》が掲げられている。その旗竿の上に、二人の男が立っていた。

陸破興と韓九秋が。

二人が手を打ち鳴らすと、通りから十数人の男女が飛び出してきた。彼らは縄で大きな岩紙《がんし》を引きずっている。春燕はまたしても驚いた。それらの男女は、一昨日彼女が字を削ってやった貧民達だったのだ。

広場の人々が騒然とする中、陸破興と韓九秋が前後して旗竿から飛び降りてきた。陸破興は岩紙の前で手を打ち鳴らし、叫んだ。

「お集まりの方々にご挨拶申し上げる。我ら杭州郊外に隠居しております剣筆家の兄弟。手前は陸破興、こちらは同門の韓九秋。この度、金陵大会の活気に心を打たれ、我ら二人、勝手ながら技をご披露したくなり申した。お集まりの方々、どうか本日の祝宴の余興ということで、しばしおつき合い願いたい」

いきなり現れた二人の青年に、人々は何が何やらわからない様子だったが、陸破興の言葉巧みな挨拶に、なるほどと合点したようだった。が、行列の進行を邪魔された金陵大会の主催者にしてみればそうもいかない。早くも腕に覚えのある者達が躍《おど》り出て怒鳴る。

「おい、どういうつもりだ。さっさと下がれ」

陸破輿が韓九秋へ笑いかける。頷いた韓九秋は、剣を引き抜きざま、背後の大きな岩紙へ一閃《いっせん》した。

「潯陽江頭夜客《じんようこうとうやかく》を送る」

高らかに吟《ぎん》じられたその一句を聞き、誰もが度肝《どぎも》を抜かれた。韓九秋が刻み始めたのは、唐《とう》の大詩人・白居易《はくきょい》の『琵琶行《びわこう》』だ。この詩は全四段に分かれ、その字数は六百以上。あまりの長大さのため、達人であっても衆人の前であえてこれを刻もうとは考えない。途中で体力が尽きるか、彫書剣《ちょうしょけん》の方が持たなくなるはずだ。

しかし、一句目が終わった瞬間――。

「楓葉荻花秋索索《ふうようてきかさくさく》たり」

陸破輿が叫び、剣と共に躍り出て二句目をつづり始めた。さらに入れ替わって韓九秋が三句目、再び陸破輿が四句目……。

前代未聞の余興に、人々は仰天した。長大な詩を、二人がかりで書こうというのだ。お互いに呼吸を合わせ、休みなく動き、かつ詩の題意に沿った字を刻むとなると、要求される技量は大変高度なものになる。

しかし陸破輿と韓九秋は、まるで一人の人間とみまがうほどに動きを一致させ、次々に

『琵琶行』を書き上げていく。剣舞も同じなら、字体も同じで乱れが無い。最初は呆気《あっけ》にとられていた人々も、これには揃《そろ》って歓声をあげた。

春燕も驚いていた。二人の師匠が全力で競う姿は、何度も目にしている。しかし、力を合わせて剣舞するのを見るのは初めてだった。

でも、どうしてこんなことを？　もしかして、優勝した鉄墨会の威勢を削ぐためかしら？

群衆が賑やかになる一方、優勝祝いを邪魔された鉄墨会の面々は酷く不愉快そうだった。輿に乗った段素桂も冷ややかに剣舞を眺めている。

「──江州《こうしゅう》の司馬、青杉湿《せいさんうるお》ふ！」

韓九秋が、ついに最後の一句を書き上げた。

万雷《ばんらい》の拍手が広場に響く。剣を納めた陸破輿が、返礼しながら叫んだ。

「皆様、我が兄弟の拙《つたな》いお披露目にもったいのない拍手をありがとう。さて、図々《ずうずう》しくもこの場にしゃしゃり出たのは他でもない、我が兄弟、此度《こたび》の金陵大会に自慢の愛弟子《まなでし》を送り出したが、不幸に見舞われ大会の本戦に出られぬ有様」

韓九秋が後を引き取った。

「しかし、空手で帰るのは余りにももったいない。それゆえ、大会を勝ち抜いた段素桂殿に、我が弟子崔春燕から直々の勝負を申し込みたい。皆様の中には、我が弟子のことをご存じの方もおありだろう。予選では百九十両を稼ぎ、悠々と本戦に進む権利を勝ち取った。ところが、鉄墨会が不正を行い、弟子を無理矢理大会から追い出してしまった。このまま引き下がるのはいかにも無念というもの。段殿、勝負を受けていただけますかな？」

段親子と鉄墨会の面々が、等しく顔色を変えた。

春燕は武者震いした。

──お師匠様達は、私が段素柱に挑むきっかけを作ってくれているんだ！

怒気満面の段玉鴻が進み出て、陸破興達に指を突きつけた。

「ふざけるな！　そのような無体が許されるか！」

「もとより無体は承知のこと。段先生、勝負を受けるか否《いな》か決められよ」

観衆の目は興奮に満ちていた。『琵琶行』を見事に刻んだ達人の弟子となれば、期待も高まる。挑戦者と段素柱の戦いを見たいと望む者は明らかに多かった。金陵大会の優勝者がおめおめと逃げ出せば、面目丸潰《まるつぶ》れとはいわないまでも、大衆の心証は悪くなる。また鉄墨会を快《こころよ》く思わない一部の人間は、不正が行われたと聞いて敵意をむき出しにしていた。

鉄墨会の人々は身を寄せ合い、密かに相談を始めた。最初はすっかり表情を曇らせていたが、話すうちに何らかの合意に達したらしく、それぞれ頷き合った。

やがて、段玉鴻がもったいぶった様子で進み出た。

「道理をわきまえぬ輩《やから》のために、せっかくの祝祭が邪魔されたのは、誠に遺憾《いかん》なことである。しかしながら、我が娘がこのまま勝負せずに逃げたのでは、大会の優勝者としての面目も失われよう。そこな二人の無礼を許し、勝負の機会を今一度与えてやろうではないか」

口調こそ寛大だが、言葉は実に嫌らしい。ともあれ、勝負をすることは出来るのだ。今の春燕には、それだけでじゅうぶんだった。

韓九秋が叫んだ。

「春燕、下りてこい！」

春燕は剣を手に、楼閣の窓から飛び降りた。

すぐさま、広間の真ん中に壇がもうけられる。二つの岩紙が並び、その間には壺《つぼ》が置かれた。

春燕と段素桂が壇上で向かい合う。

「最後の最後に、こんなずる賢い手段を用いるとはね。あんたのような奴隷《どれい》に、負けるもんですか」

段素桂の挑発には乗らず、剣を逆さに捧げ持ち、両手を合わせて一礼した。

「よろしくお願いします」

審判を務める丁剛が、二人の間に立ち、高らかに叫ぶ。

「試合は五戦。三勝した方の勝ちとする。第一の題は――」壺を探り、題の書かれた紙を引き出した。「宋《そう》の陸游《りくゆう》。詩は七言律詩《しちごんりつし》『登賞心亭《とうしょうしんてい》』。それでは……試合開始！」

春燕と段素桂が、同時に剣を岩紙へ突き立てる。用いるのは同じ垓下剣法、けれども違う師に学んだため、自《おの》ずと違いが表れた。春燕の技は正確で優美な動き、対する段素桂はひたすら雄壮で見栄えがある。『登賞心亭』は晩年の陸游が、国土奪回の志をうたった詩だ。当時、宋は異民族の金《きん》に攻められ、多くの領土と民を失っていた。その詩に込められた感情は深く、熱い。春燕の剣も激しく唸《うな》り、光を散らした。

「遷都《せんと》を請わんと欲すれば、涕已《なみだすで》に流る！」

春燕が、素桂より僅《わず》かに早く七句を書き上げた。剣舞にも最初から最後まで乱れはなかったし、詩の原意も伝えられたはずだ。『快《かい》』『巧《こう》』『麗《れい》』『和《わ》』『志《し》』どれをとっても、優位に立てたと思った。

丁剛が進み出て、両者の字を見比べる。両手には判定の旗が握られていた。赤なら春燕、青なら素桂だ。

観衆が息を呑《の》む中、旗は上がった。

青だ。

鉄墨会の取り巻きから大喝采《かっさい》があがる。春燕は動揺したものの、すぐに気を取り直した。

まだこれは一戦目。次で勝てばいいのだ。

「二戦目の題は蘇軾《そしょく》の『春夜《しゅんや》』！」

しめた。蘇軾なら何度練習したか知れないほどだ。これならきっと勝てる。

「始め！」

春燕が怒濤《どとう》の勢いで剣を送る。一戦目よりも気力が満ち、自在に体が動いた。段素桂が三句目に達しないうちに、春燕は最後まで書き上げてしまった。速さも圧倒的だが、それでいて字形は崩れていない。観客がざわめく。しかし、段素桂の方は不気味なほど落ち着き払っていた。刻み終えるなり、勝ちを確信したような笑みが浮かぶ。春燕は手に汗を握った。少なくとも自分の方が『快』『巧』『麗』では勝っていたはずだ。今度は、きっといけるはず……。

丁剛が旗を掲げる。

またしても、青。

これには春燕も愕然《がくぜん》とした。

そして理解した。丁剛は彼女を勝たせる気などさらさらないのだ。大会の正式な審判だからと、公平を期待したのが甘かったのか。それとも、自分の腕ははなから段素桂に及んでいないのだろうか。いいやそんなはずはない。二人の師匠に鍛えてもらった九カ月が、無駄だったなんて。

段素桂が冷ややかに告げた。

「まだやるの？」

「まだ終わりじゃありません」

「あらそう。無駄だと思うけれどね」

最後まで諦《あきら》めるわけにはいかない。たとえ負けるとしても、惨《みじ》めな負け方をするつもりは無い。次の勝負で、全てを出し尽くすのだ。

三戦目の題は唐の詩人・楊巨源《ようきょげん》の『折楊柳《せつようりゅう》』だった。

「始め！」

春燕は剣を突き出した。心の高ぶりが剣に通じ、先ほどにも増して技がさえ渡る。一方、段素桂の剣は落ち着きと余裕で満ちていた。剣先がしなやかに岩紙を滑り、柔らかな筆跡を残していく。

今度も、春燕が先に書ききった。

丁剛が大きく旗を上げた。

色は……青だ。

負けた。

二人の師匠の厚意も無駄になった。斐家の仇討ちも果たせなかった。春燕は、ぐっと涙を堪《こら》えた。

その時――。

「バカ野郎！　贔屓《ひいき》なんかしてどういうつもりだ！」

師匠達の声ではない。春燕は群衆を振り向いたが、誰の叫びなのかはわからなかった。間を置かず、別の野太い声が東の方から飛んだ。

「丁先生は目が腐ってやがる！　春燕お嬢さんの方がうまかったろうが！」

――私の方がうまいって、言ってくれた……！

体中が震え、熱くなった。

群衆が次々に声を張り上げる。どの叫びも春燕を支持していた。審判が敵に回っても、人々が味方になってくれたのだ。

丁剛が怒鳴った。

「黙れ！　お前達のような素人《しろうと》に何がわかる？　勝負は公平じゃ。もののわからぬ輩め。大方この娘とその師匠に買収されたのであろう！」

「待った」

まさに一触即発の状況で、穏やかな声が割って入った。ゆるゆると壇上に足を進める老人の姿を見て、春燕ははっとした。

――劉先生だ！

しかしもっと驚いたのは、丁剛が劉の顔を目にした途端、酷くたじろいだことだった。

「これは、もしや、あの劉楓先生では……？」

「おお、わしを先生と呼んでくれるのじゃな。つい今まで、おぬしにもののわからぬ輩と怒鳴られておったものを」

「とんでもございませぬ。天下に謳《うた》われた江南十神墨のお一人である劉先生を、素人などと……」

「そうかね。では言わせていただくが、何といってもここは金陵、洪武《こうぶ》帝の代は都であり、今なお北の都に勝るとも劣らぬ繁栄を誇る地じゃ。とりわけ芸術に関しては南方で及ぶところがない。酒も陶器も絹も、筆も硯《すずり》も剣の類《たぐい》も、最高の物が市場に並ぶ。剣筆もまた然《しか》りじゃ。当然、ここに集まる人々の目も、素人のそれでは無いと思うが」

「は、はあ。確かに、仰《おつしや》る通りでございますが」

「そして！　お集まりの方々は、判定に不服じゃ。勝負をやり直すべきではないのかね？」

劉楓の毅然《きぜん》とした言葉に、群衆が喝采した。

「そうだそうだ！」「丁剛は出て行け！」「やり直しだ」

丁剛は汗だくになり、ちらちら段玉鴻らをうかがっている。その意を察して、鉄墨会の人々がぞろぞろと壇上にやってきた。段玉鴻がまず進み出て、丁重に一礼する。

「これは劉先生。よくぞお越しくださった。お話は後ほどうかがいますに、この場は解散ということで――」

「ならぬ！」劉楓が一喝《いっかつ》し、背後の群衆を示した。「人々を見よ。このままでは納得出来ぬと、何千、何万の目が言っておる！　勝負をやり直すのじゃ」

段玉鴻は不満を露《あらわ》にした。背後に鉄墨会の味方が大勢いるのを見ると、強い口調で言った。

「劉先生、あなたはもう引退された身だ。このような場へしゃしゃり出て、かつての名声を汚すのはいかがなものか……」

「我々『海棠剣筆社《かいどうけんひっしゃ》』は、劉楓先生の主張を支持する！」大声と共に、大会運営者の一団が壇上へ近づいてきた。その先頭にいる老剣筆家は、なじるような顔つきで段玉鴻に告げた。「先程の丁先生の判定は、明らかに偏《かたよ》りが感じられた。やはり勝負のやり直しをするべきですぞ」

「我が『秀宝書会《しゅうほうしょかい》』も同意する！　大会は鉄墨会だけのものではない」

「わたくし達『金紙幇《きんしほう》』も、再試合に賛成いたします！　崔春燕が予選を突破した時の成績は、我々も見ていました。百九十両は、本戦出場者でも五、六番目に数えられる金額です。それほどの実力者が、何故《なぜ》不当に落とされなければならなかったのでしょうか？」

さらに複数の団体が声を上げ、劉楓への賛同を示した。段玉鴻が信じられないという表情で言った。

「あなた方は、大会を運営する一員でありながら、それを邪魔する者達を支持するというのか！」

海棠剣筆社の老剣筆家が、厳《おごそ》かな声でやり返す。

「確かに妨害者の行為は許し難い。が、それ以上に運営側たる我々が不正を行い、かつ見過ごしにするのは、もっと許し難いことではありませんかな？」

観衆だけではなく、大会運営者までが自分の味方に回ってくれている。無論、優勝の座をむざむざ鉄墨会の人間に渡したくないという打算もあるだろう。けれど、春燕の胸には希望が広がっていった。もし、再試合に持ち込めれば！

段玉鴻と鉄墨会の面々は、ここで抵抗すれば大勢の人々を敵に回す羽目になると悟ったようだ。渋々ながら答えた。

「よろしい……。では、勝負をやり直すとしようではないか。ここにいる全員が納得出来るように。どのようなやり方にすべきか、ご教示いただけますかな？」

「そのことに関してだが、是非俺達から提案させていただきたい」

陸破興が進み出ると、劉楓はにっこり頷いた。

「どうぞ申されよ」

「勝負は一回。それで決着をつけよう。判定は、集まった人々全員にやっていただく、それでどうかな？」

「是非もない」劉楓は段玉鴻達を振り向いた。「いかがかね？」

段玉鴻は観衆の様子を見て、既にこれが分の悪い勝負だと理解したようだ。歯ぎしりしながら食い下がった。

「劉先生。あなたは我ら鉄墨会の面子《めんつ》を丸潰れにするおつもりか。この者達は大会の規則を無視し、勝手な勝負をしかけてきたのですぞ」

韓九秋が冷ややかに告げた。

「嫌なら勝負をせず、立ち去るがいい。不利に傾いたのは、貴殿らの自業自得だ」

段玉鴻は相手を睨《にら》んだものの、反駁《はんばく》の言葉が出てこない。不意にきびすを返して段素桂のもとへ行き、娘の両肩をしっかと摑《つか》んで言った。

「素桂、戦うのだ。あのような奴隷に負けるわけにはいかぬ。よいな！」

段素柱も深く頷く。

「父上。わかっておりますから」

陸破興がにっと笑った。

「決まりだ」

再試合となり、群衆がどっと沸く。

丁剛が最後の題を引き抜いた。唐の戴叔倫《たいしゆくりん》、作品は『湘南即事《しようなんそくじ》』。作者が湘江《しようこう》のほとりで、故郷への想いを詠んだ詩だ。

正真正銘《しようしんしようめい》、最後の勝負だ。春燕は強く剣を握りしめた。

――今度は贔屓もごまかしもない。絶対に負けられない！

「試合開始！」

二つの剣が同時に閃《ひらめ》く。春燕には斐家や師匠達への恩が、段素柱には段家と鉄墨会の面子がかかっている。

二人とも、最初から全力だった。

「盧橘《ろきつ》、花開きて――！」互いに声を張り上げ、凄《すさ》まじい勢いで字を刻んでいく。「楓葉《ふうよう》衰《おとろ》う！」

剣光が幾重にも走り、砂埃《すなぼこり》が舞い上がる。両者はあっという間に二句目へ進んだ。

「門を出《い》でて　何《いず》れの――」

不意に、春燕の右手は焼けるような痛みを発した。力が抜け、剣が途端に重くなる。見れば右腕の包帯が真っ赤に染まっていた。先日切られた傷が、剣を振るった衝撃で開いてしまったらしい。

春燕は歯を食いしばり、剣先を岩紙へ突き立てた。が、指に力が入らず、手中から剣が滑り落ちそうになった。慌てて左手を伸ばして摑んだものの、足が崩れかける。怪我《けが》を意識せず全力を出してきたせいか、既に体力を相当消耗《しょうもう》していた。何度も腕を持ち上げようとしたが、どうしても力が入らない。血はどんどん流れ出し、春燕の腕からしたたっていった。

横目に見やると、段素桂がほくそ笑みながら、悠々と詩を書き上げていく。

――お願い！　もう少しだけ、力を出して。この勝負だけは、どうしても負けられないの！

もう一度、腕を僅かに上げた。途端に、激痛が指先まで走る。とうとう、剣を取り落としてしまった。

春燕は絶望した。肩が震え、視界が涙で霞《かす》んだ。

――なんで……なんでなの！　私はいつもこんなことばかり。肝心な時になって、どうして駄目なんだろう！　お師匠様にも、劉先生にも、観衆の人達にも助けてもらったのに。こんなところで……こんなところで終わってしまうなんて！

目の前が真っ暗になりかける。また、同じことの繰り返しだ。自分は何にも出来なかった。旦那《だんな》様が亡くなった時、段玉鴻のもとから逃げ出した時、お嬢様が常州《じょうしゅう》で自害した時、宋華卿《そうかきょう》に負けてしまった時……。無力感が広がってく。心はもう、殆《ほとん》ど折れてしまっていた。

──お嬢様、ごめんなさい。

膝《ひざ》を屈したその時、腰帯から何かが滑り落ちた。

斐天芯《てんしん》お嬢様の、形見の剣だ。半分に折れてしまったのを短剣として直してもらい、お守り代わりとして、いつも腰帯に挿していたのだ。

どこからか、声が聞こえた気がした。

──春燕、負けないで。

お嬢様の声だ。

春燕はぎゅっと目をつぶった。

──でも、お嬢様。駄目なんです。私、もう本当に動けないんです。

──そんなことない。顔を上げて、見るのよ。

春燕はのろのろと頭を持ち上げた。そして書きかけで止まっている自分の字を見た。

出門何（門を出でて、何れの）……。

その途端、全身に衝撃が走った。脳裏を駆け巡ったのは、形見の手鏡に刻まれた「家在夢中何日到」の文字だ。

お嬢様が彫った「何」の字と、眼前の春燕の「何」の字体は、瓜二つだった。線の通り方、跳ね方、全体の輪郭《りんかく》……何一つ、意識したわけではなかったのに。まるでお嬢様が、春燕になり代わって刻んだように。

もう一つの言葉も思い出した。私の心は、いつもあなたのそばにいます……。

——そうか。そういう意味だったんだ……。

春燕の頬《ほお》を、一筋の涙が滑っていった。そして理解した。小さい頃から、お嬢様と一緒に稽古《けいこ》を続け、いつも彼女のようにうまくなりたいと思っていた。彼女の背中を追い、学び続けた。知らず知らずのうちに、お嬢様の剣の特徴を受け継いでいたのだ。

剣筆を続ける限り、お嬢様は自分の剣の中で生き続けてくれる。その技も、心も。ずっと、そばにいてくれる。

まるで天啓《てんけい》だった。本当に、不思議な力が湧いてきた。震える手で、落ちていた短剣を摑む。

――書かなくちゃ。私が勝手に諦めちゃいけない。私の中のお嬢様が、まだやれると言ってくれた。だから書かなきゃ。お嬢様のために、旦那様のために、私が勝つと信じてくれている人達のために！

剣を抜くと、着物の袖《そで》を引き裂き、自分の右手と柄《つか》を素早く縛り上げて、しっかり繋《つな》ぐ。

これで本当に最後だ。春燕は剣を繰り出した。半分の長さになったおかげで、何とか握り続けることが出来る。それでも痛みが爆発し、腕が燃えるように熱い。しかし、意志の強さが痛みを振り切っていた。

――この詩を刻み終えるまでは、絶対に剣を落とさない！　この詩を刻み終えるまでは！

「門を出でて、何れの処にか、京師《けいし》を望まん！」

力強く吟唱する。故郷を離れた寂寥《せきりょう》を嘆く詩人の想いは、死んでいったお嬢様や崔天明《てんめい》様、薛《せつ》友蘭様を想う自分の気持ちと重なった。

言葉と剣と心が、一つになって流れていく。これまで達したことのない高みに、春燕はいた。けれど、それを感じているゆとりはなかった。ただただ無心で書き続けた。

ぽきり、と不気味な音が響いた。春燕は驚愕《きょうがく》した。剣が折れてしまった？　だが、すぐ気がついた。自分の剣は折れていない。まだ、ちゃんと書き続けている。

折れたのは……段素桂の剣だった。彼女のすぐ足下に、真ん中から切っ先までの剣身が落ちている。

残った剣の部分を握って、段素桂は呆然《ぼうぜん》と突っ立っていた。春燕の気迫が段素桂を動揺させ、その技を乱したのだ。字も形が崩れ、もう続きを刻むことは出来ない。

「愁人《しゅうじん》の為に——住《とど》まること——少時《しばし》もせず！」

その横で、春燕はとうとう詩を書ききった。

恐ろしいほどの静寂が、広場を包み込む。体力を使い果たした春燕の、激しい息遣いだけが聞こえた。

劉楓がため息一つ、緩やかに口を開いた。

「剣が絶たれれば、字も絶たれる。この勝敗、既に決した。崔春燕を勝者とす！」

どっと、人々の歓声が爆発した。

勝った……。ぼんやりしていた春燕に、じわじわ勝利の喜びがしみこみ始めた。

「納得出来ぬ！」

段玉鴻が憤懣《ふんまん》やるかたない様子で進み出た。

「こんな勝負は無効だ。観衆を買収したのだろうが！」

韓九秋が素早く、段玉鴻の前へ立ちはだかる。

「さて、観衆がどちらに軍配をあげたかはわかりませんな。ご息女の剣が折れてしまったために」

「貴様ら、こんな真似をしてただで済むと思うのか」

「それはこちらの台詞《せりふ》だ。あなたが斐士誠とその娘に対して行った仕打ちこそ、断罪されるべきことではないのか」

段玉鴻は頭から水を浴びせられたように、総身をぶるりと震わせた。

「あ、あれは……違う。士誠は病で亡くなった。娘と侍女は、勝手に出て行ったのだ。わしは、何も悪くない！」

春燕は二人のやり取りを耳にして、はっとした。そうだ、まだ全てが決着したわけではない。涙を袖で拭うと、息を吸い、重い身体を引きずりながら段玉鴻の前に進み出た。

「段玉鴻様。私が大会に出たのは、世の人々に真実を知らしめるためです。単なる侍女でしかない私の話を、大勢の人々に信じてもらうには、この大会であなたに勝たなければなりませんでした。そうでないと、あなたは私に何の後ろ盾《だて》も無いのをいいことに、全てもみ消すに違いないからです。今、私には真実を明かす準備が出来ています」

「黙れ、黙れ！　こんな茶番で勝ったくらいで、お前のような奴隷の言葉を、誰が信用するというのだ！」

そこへ、重々しい太鼓の音が響いた。見れば上品な装飾の御輿が、人垣を分けて緩やかに進んでくる。それは紛れもなく、上席で大会を観戦していた朱衔のものだった。皇族の到来に、人々は争って道を譲った。

御輿は春燕らの近くまで来ると、停止した。中から御簾を巻き上げて、一人の老人が降りてくる。

上品な物腰と、威厳に満ちた顔つき。髪はごま塩で、髭《ひげ》は短く切りそろえている。

どういうわけか、この老人をどこかで見た気がする。

すると、朱衔は一瞬足を止め、春燕を一瞥《いちべつ》した。知性に満ちた瞳を見返し、しびれるような感覚が走った。

木牛五《もくぎゅうご》様だ！

——あの方は、皇族だったの？

困惑する一方で、合点もした。初めて会った時から、老人には尋常ならざる雰囲気が漂っていた。あの時の白髪と髭は、どうやら変装のためつけていたものらしい。

朱衔は大会運営者達を振り向き、にこやかに言った。

「優勝者の隊列がいつまでも到着しないので、何事かと心配してな。少し離れたところから、一部始終を見せてもらった。実に見事な試合であったな。これは、大会の優勝者を変えねばなるまい」

鉄墨会の面々は、揃って失望にうなだれた。皇族がこの事態を糾弾《きゅうだん》してくれれば、まだ挽回《ばんかい》が出来たかもしれない。ところが、朱衍の発言は目の前の結果を公然と支持したものだった。

一番青ざめていたのは、やはり段玉鴻だった。

「恭王殿下、この者達の無体な振る舞い――」

「おう、そのことだが」朱衍は手を振り、段玉鴻を黙らせた。「大会の途中、妙な噂《うわさ》を小耳に挟んだのだ。そなたが過去に斐家を陥《おとしい》れ、邪《よこしま》な手段で秘伝を手にしたのだと」

「そ、それはよからぬ噂ですな。一体、どこの誰がそのような……」

「それはほれ、段先生の目の前におる、崔春燕じゃ」

段玉鴻がはっとなり、春燕を睨む。彼が口を開くより先に、朱衍は続けた。

「わしは斐士誠と昔馴染《なじ》みなのじゃが、ここ何年か顔を合わせることも無く、その死を知ったのもつい最近であった。大会が終わった後、詳しく話を聞こうと思ったのだが、もっと簡単な手段がある。ちとご苦労だが、そなたの娘に垓下剣法の『虞姫翻袖《ぐきほんしゅう》』を披露してもらえぬか」

段玉鴻は、何が何やらわからなかった。斐士誠に生前、皇族と繋がりがあったという話も聞いたことがない。すっかり狼狽《ろうばい》してしまった。

「そ、それはどういう……」

「とにかく、やってくれればよいのだ」

段玉鴻は娘を振り向いた。相手は皇族、従うしかない。進み出た段素桂は、秘伝書に記された通りの型を、忠実に演じてみせた。

剣を逆手に握り、頭《こうべ》を垂れ、自《みずか》らの首へ沿うように振りながら舞い踊る。まさに虞姫の最期を表現した、鮮やかな技だ。観衆もその見事さに、思わず拍手するほどだった。

盗み見れば、朱衎が微《かす》かに頷いている。これは風向きが変わったかもしれない。段玉鴻は喜びで密かに拳《こぶし》を握った。

「さて……そちらの崔春燕も、斐家の垓下剣法を使うそうじゃな。すまぬが、同じ技を見せてくれ」

春燕は頷いて、剣を振るった。試合で疲弊《ひへい》していたため動きはとろいが、途中までは、まるきり同じだった。ところが、彼女は垂れたはずの頭を真っ直ぐに持ち上げ、死に挑むような、勇ましい型を見せつけた。素桂の『虞姫翻袖』とは、まるきり趣《おもむ》きが正反対だ。

段玉鴻は小躍《こおど》りしたくなった。

――この馬鹿《ばか》な奴隷の娘は、土壇場で技を間違えおったぞ！

「恭王殿下、ご覧になりましたか！　あやつの技は、間違っております。偽物です！」

「まさに、そのことじゃが」朱衒が重々しく言った。「これこそが斐家に伝わる『虞姫翻袖』なのだ」

「は……？」

「わしと士誠は、昔馴染みと言ったであろう。もし段先生が斐家の遺品を深く調べておったのなら、その中に木牛五なる男との書信をいくつか見たのではないかな」

木牛五……木牛五？　確かに、斐士誠の遺品を漁った時に見たかもしれない。しかし、それがまさか眼前の皇族だと、どうして想像出来ただろう。

朱衒は朗《ほが》らかに続けた。

「その木牛五は、他ならぬわしでな。士誠とは、皇族と草民の別があるゆえ、自らの名前で堂々とつき合うことは出来なんだ。もっとも、今日のことを思えばそれで正解だったかもしれぬ。皇族が関わっているとなれば、段先生も謀略にもっと慎重になったであろう。木牛五の名は、別に何でもない。朱の字を分ければ木と牛になり、わしが現皇帝の五番目の弟なので、それを名前にしただけじゃ。わしと士誠はかつて、七日にわたって剣筆を論じ、垓下剣法について深く研鑽《けんさん》した。その結果、この『虞姫翻袖』を改良することにしたのだ」

「か、改良……?」

「剣法というのは、先人から代々受け継がれるもの。しかし先人とて完璧ではない。長い月日をかけて研鑽すれば、技にはまだまだ改める余地がある。この『虞姫翻袖』は、虞姫の最期の心情を反映した見事な技ではある。しかし、感傷に寄りすぎており、勇壮な型が多い垓下剣法の中では、どうしても浮いてしまう。わしと士誠は三日三晩かけて、死に対し頭を垂れるのではなく、死を恐れぬ勇ましい型に改めたのじゃ」

「そ、そんな馬鹿な! それがしが受け継いだ斐家の秘伝書には、そんな型など記されておりませんでしたぞ!」

「そなたが持っているのは、先祖伝来受け継がれてきた原本の方であろう。わしと士誠が改めたのは『虞姫翻袖』の技一つのみ。ゆえに、先祖から伝わる原本をあえていじることはせず、ただその技一つだけ書き換えた本を別に作った。それを持つ者が、斐士誠の正しき継承者なのじゃよ」

段玉鴻は、すっかり言葉を失っていた。

春燕は初めて、斐士誠の細心を理解出来た。原本を段玉鴻へ渡し、朱衒と作った本をお嬢様へ渡したのは、最初から意図あってのことだったのだ。段玉鴻を油断させ、正しき人間が本物の垓下剣法を見た時、判断が出来るように。

朱衒は春燕のもとへ歩み寄った。

「さて……そこで提案じゃが、わしはこの春燕の証人となり、斐家に起こった一連の出来事を詳しく調べたいと思う。無論、何か間違いがあれば、法のもと必要な裁きを行う。段先生にも是非、協力していただきたい。いかがかな？」

穏やかだが、まったく異議を許さぬ口調だった。段玉鴻は歯の根が合わぬほど震え始めた。皇族直々の取り調べとなれば、不正を隠し通せる術《すべ》はまったくない。後一歩で手に入るはずだった栄光は、脆《もろ》く崩れ去ったのだ。

「崔春燕、そなたから、何か言うことはあるかね？」

満身創痍《そうい》の春燕は、よろめきながら進み出た。

「段玉鴻様、もうこれまでです。潔《いさぎよ》く、罪を認めていただけますか。まず、あなたが盗んだ斐家の秘伝書と、他の財産を全て返してください。お金は旦那様とお嬢様の墓地代にあてます。もう一つ、ご自身の家に斐家の位牌《いはい》を立てて、日に三回、心の底から旦那様とお嬢様にお詫びを入れてください。最後に、斐家の技を今後人前で一切使わないこと、これをこの場で誓っていただき、約束を守ってもらいます。私の望みは、これで全てです」

条件を聞くうちに、段玉鴻は怒気を浮かべ始めた。すかさず、陸破輿が牽制《けんせい》する。

「聞こえたんだろうな、この悪党！　呑むのか、呑まないのか！」

「い、いや。わし――」びっしょりと汗の玉粒を浮かべた段玉鴻、逃げ場を探すように視線をあちこちへさまよわせた挙げ句、ついにがっくりと膝を崩した。「わ、わ、わかった。要求を、呑む……」

春燕は流れてきた涙を拭った。とうとうやり遂げた。

「目障《めざわ》りだ！　さっさと失せろ！」

陸破輿の一喝で、段玉鴻は娘を連れて転がるように壇を下りていった。鉄墨会と、彼らを応援していた人々はすっかり居所をなくしている。

人々は春燕の名を連呼し、本来は段素桂の行列を祝うためだった花火を打ち上げた。ほっとした途端、春燕は酷い疲労に襲われた。ぐったり体がかしいだところを、韓九秋が支えてくれた。

彼女は自分の右手を見下ろした。流れ出た血が、刃《やいば》を滑り落ちていく。彼女は、剣を高く掲げた。

「お嬢様……私、勝ちました」

――聞こえていますね？　見てくださっていますね？　私、勝ったんです、お嬢様。どうか、安らかに眠ってくださいね。

それきり手がだらりと落ちて、春燕の意識も薄らいでいく。

人々の歓声だけは、いつまでも耳の中に響いてやまなかった。


目が覚めた時、あたりは暗くなっていた。

柔らかい布団の感触。ぼんやりしたまま首を動かして、自分がようやく宿の寝床にいるとわかった。起き上がろうとしたものの、疲れ切ったせいか力が入らない。

「起きたか」

陸破興と韓九秋が、揃って彼女を見守っていた。

「お師匠様……」二人の姿を目にして、春燕の胸に安堵《あんど》が広がった。「すみません。私、急に倒れてしまって。大会は、どうなりましたか？」

陸破興が、彼女の髪を撫《な》でた。

「安心しろ。全部無事に終わった。お前が倒れちまったんで、祝勝会は流れたがな」

「段玉鴻は？　あの人に、約束を守ってもらわなくちゃ……」

「無論だ。決して反故《ほご》になどさせん。恭王殿下や劉楓先生をはじめ、大会運営者も味方についてくれている」韓九秋が答えて、布団をかけ直す。「もう少し休め。元気になったら、大会の後始末が色々と残っている」

春燕は大人しく頷いた。寝返りを打ちかけた時、右腕に凄《すさ》まじい痛みが走った。

「私の手……大丈夫ですか？」

「大丈夫だ。半月も安静にしていれば、元通りになる」

春燕はほっとして、笑みを浮かべた。

「よかったです。私、もっと剣筆がやりたいんです……。最後の戦いの時、私、これまで行けなかった高みにいたような気がしました。また、あそこへ行きたいんです。それに旦那様もお嬢様も、ずっと私の剣筆を通して生き続けてくれるって、わかったから……。お二人が安心出来るように、立派な壇師《だんし》になりたいです」

「そのことなら――」

陸破興が言いかけるのを、韓九秋が手を伸べて遮《さえぎ》った。

「春燕、今はゆっくり休むがいい。目が覚めたら忙しくなる」

春燕は陸破興の言葉の続きが気になったものの、再び眠りについた。

翌朝は、果たして韓九秋の言葉通りになった。祝勝会が数日連続で開かれ、春燕は色んな人間の歓待を受けた。ここ数年に及ぶ鉄墨会の横暴を嫌っていた人々は多い。今回の敗北をきっかけに、大会の運営もある程度見直され、鉄墨会も大人しくなることだろう。春燕は皆から英雄扱いされることに恐縮して、宴会ではひたすら縮こまっていた。

それだけでもすっかり疲れてしまったが、今度は朱衒の監督のもと、段玉鴻と鉄墨会に対し、例の約束に関する話し合いを何日もかけて行わなければならなかった。段玉鴻本人は負けた羞恥《しゅうち》もあってか、はたまた後ろめたさか、話し合いの場に姿を見せない。鉄墨会の面々が、あれこれ言葉を尽くして春燕の要求をねじ曲げようとしたが、陸・韓の二人がそれをことごとく退《しりぞ》けた。結果的に、斐家の財産は全て取り戻された。当初の考え通り、財産は主人達の供養にあてる。

また交渉のさなか、鉄墨会の一員として大会に参加していた衝天剣門《しょうてんけんもん》の柳孤鶴《りゅうこかく》が、以前に奪い取った崔天明の字典を人づてに返却してきた。陸破興と韓九秋が斐家の仇討ちに絡め、過去に崔天明へ行った悪事の数々を暴露するかもしれないと恐れたのだろう。皇族の厳しい追及を受ければ、一門を潰される可能性すらある。

師の遺産を思いがけず取り戻すことが出来、二人が喜んだのは言うまでもない。鉄墨会が大きく叩かれた以上、衝天剣門も今後は杭州で大きな顔が出来なくなるはずだ。彼らはそう考え、また余計な刺激をして遺恨を作らないため、わざわざ過去を掘り返すことはしなかった。

その後、春燕は二人の師匠、朱衒、劉楓らと共に、常州にあるお嬢様の棺《ひつぎ》を、実家の徐《じょ》州《しゅう》へと運んだ。段夫婦が作った旦那様の墓は粗末なものだった。取り返した財産で立派なものに作り直し、お嬢様の棺と一緒に埋葬《まいそう》する。一行は故人を偲《しの》ぶため、屋敷にしばらく逗留《とうりゅう》した。

全てが片づく頃には、大会から一カ月近くが過ぎていた。

春燕の腕の傷もすっかり癒《い》え、元通りになった。斐家の仇討ちも果たし、崔天明を取り巻く因縁も解決した。考えるのは、これから先のこと……。自分はどんな道を進んでいこうか。

かつてお嬢様の部屋だった場所でぼんやり思案していた矢先、陸破興と韓九秋が入ってきた。

「よう。邪魔だったか？」

「とんでもありません。何かご用でも？」

「ちょいと渡したいものがあってな」

陸破興が一枚の巻物を差し出してきた。

広げてみると、それは水墨画だった。脂薇荘《しびそう》の景色を描いたものだ。春燕は微笑《ほほえ》んだ。

「ありがとうございます！　こんなに素晴らしいものをいただけるなんて。でも、どうして急に？」

「急に興が乗ってな。昨日の晩で描き上げた。俺からの贈り物だ。まあ、大会の優勝記念みたいなもんだと思ってくれ。お前のことが本当に誇らしいよ。師匠とはいっても、俺の方が沢山教えてもらったくらいだ。師匠や友蘭の心残りも、九秋との諍《いさか》いも、全部解決してくれたんだからな……」

続いて、韓九秋が進み出た。

「この十カ月は、本当に色々あった。お前には、色々と申し訳ないこともした。師として過ごした短い間に、少しでもその償いが出来たと信じたいが」

「韓師匠は、私が辛い時にいつも励ましてくれました。今の私があるのは、お師匠様達のおかげです」

「そうか」韓九秋は微笑み、油紙の包みを差し出した。「これを受け取ってくれ。私からの贈り物だ」

それは精巧な髪飾りだった。翼を広げ、飛んでいく燕《つばめ》の形をしている。手先が器用で、繊細な性格の韓九秋らしい贈り物だった。

「嬉《うれ》しいです！　私の名前が春燕だから、燕の髪飾りにしてくれたんですね？」

「ああ。お前は立派な剣筆家となった。巣立っていく燕のように。だが、どんな道も究めるのは容易ではない。今後も初心を忘れるな。……ところで、これからのことは決めているのか?」

「あ、そうでした。私もちょうど、それを相談しようと思って」

陸破興が勢い込んで言った。

「実はな、劉先生が梨園《りえん》を目指すのはどうかと話してくれたんだ。お前は大会に優勝して、その資格を得た。才能も伸びしろもある。それに歴史ある斐家の技の継承者だ。次の目標としてはぴったりじゃないか? どう思う?」

梨園。剣筆の最高峰、宮廷剣筆家が集まる場所……。遙《はる》か遠くのものだった夢が、思いがけず目の前に現れていた。

「私……はい。やってみたいです! なれるかどうかは、まだわかりませんけど」

韓九秋が頷く。

「それならよかった。お前の進む道がはっきりしていれば、我らも安心だ」

二人は頷き合い、心残りが無くなったかのような様子で立ち去った。

春燕はすっかり将来のことへ気を取られていた。今の彼女には、斐家の技を継承し、次世代へ伝えていく役目がある。それは仇討ちよりもずっと大変だろう。けれど新たな目標を前にして、心は希望に満ちていた。剣筆家の最高峰である梨園入りが叶えば、垓下剣法の名を天下へ広めることが出来るはずだ。

考えるほどに、胸が高鳴る。春燕は寝床のそばに置いてあった、形見の短剣を手に取り、胸の前で握り締めた。

——お嬢様、私は新しい道を行きます。この先もずっと、見守っていてくださいね。


夜遅くになっても、春燕は興奮で眠れなかった。

あれこれ考えるうちに、師匠達と話がしたくなった。今後について、もっと色々相談しなくては。

明日からでも、梨園を目指すための修行がしたい。いや、自分の技はまだ完璧ではない。垓下剣法を、お二人のもとでまた一から鍛えてもらおうか。稽古場所はどうしよう？　斐家の屋敷は、脂薇荘に劣らぬ立派な稽古場があるし、書物だって沢山揃っている。いやいや、何せ大会と仇討ちが終わったばかりだし、三人で少しゆっくりするのもいいかもしれない。師匠達について物見遊山《ものみゆさん》でも出来たら、きっと楽しいだろう。軽い足取りで、頭をめぐらせる。

春燕は二人が泊まっている部屋へ向かった。すると、こんな夜更《よふ》けだというのに、来客がいた。

劉楓だ。声ではっきりわかる。どうやら、師匠達と内密の話をしているらしい。盗み聞きはよくないと思ったものの、春燕は扉に身体《からだ》を寄せ、微かな隙間《すきま》から中を覗《のぞ》いた。

「……では本当に、明日行ってしまわれるのですな」

陸破興が白い歯を見せて微笑む。

「ええ。同門争いのせいで、長いこと脂薇荘にこもっていましたからね。色々外をまわって、見識を広めたいと思っているんです」

「韓殿も？」

劉楓が目を向けると、韓九秋は険しい面持《おもも》ちで頷いた。

「春燕を教えて、己が師として未熟なのを悟りました。自分自身を一から鍛え直すつもりです」

「決意がかたいのならば引き留めはしますまい。しかし、別れをきちんと言ってやるべきではないのかね？」

陸破興は肩をすくめた。

「しみったれたのは、あまり好きではありませんからね。それに、きちんと手紙も残しておきました。賢いあの弟子なら、きっと我々の思いをわかってくれるでしょう」

「後のことは、よろしくお願いいたします。春燕が一流の剣筆家として大成するには、無名で後ろ暗い部分のある我々より、あなたのような優れた方を師とするべきだ。先はまだまだ長い。あなたの導きを得られれば、春燕は必ずや梨園入り出来る」

韓九秋も頭を深々と下げる。

「無論じゃ。力を尽くすとしよう」

春燕は茫然《ぼうぜん》とした。忍び足でその場を離れると、近くにあった柱へ背を預けた。肩を上下させ、大きな嘆息《たんそく》を漏らす。

——お師匠様達は、私を置いて、それぞれ別のところへ行ってしまうんだ……。それも、明日に。

思いがけないことだった。梨園の道も、三人で目指すものだとばかり考えていた。

色んな困難を、一緒に乗り越えてきたのだ。こんなにあっさり離れてしまうのは嫌だった。師匠達がいてくれたからこそ、仇討ちだって果たすことが出来た。二人は自分が師として力不足だと言う。けれど、春燕は一度だってそんな風に思ったことは無い。もし未熟だとしても、それが何だというのだろう。わざわざ別れる必要は無いのに。今まで通り一緒にいて、互いに鍛えればいいのだ。何より、お世話してもらった恩を、一つも返していない。このまま別れるなんて、絶対に出来ない。

でも……お師匠様達が同意のうえ決めたことだ。私が引き留めるのは、ただの我儘《わがまま》じゃないだろうか？　二人は、春燕のためによかれと思って決断したのだ。それに理由も筋が通っていた。韓九秋の言ったように、名のある優れた師に学ぶ方が、将来のためにもよいのは間違いない。劉先生も快く春燕の身を引き受けてくれたのだし、その厚意を無下《むげ》にするなんて。

二つの反発する気持ちが、いつまでも心の中でぶつかり合う。

もたれていた柱を離れ、またふらふらと歩きだす。いつの間にか屋敷の裏庭に出ていた。そこには、旦那様とお嬢様の墓が並んで立っている。屋敷に逗留している間、春燕はしょっちゅうここを訪れていたから、今も無意識に足が向いてしまったのだ。

月明かりのもと、墓前には人影が見えた。春燕は足を止めた。その気配に気がつき、相手が振り向く。

「おお、そなたか」

他でもない、恭王こと朱衎だった。

「あ……木、いえ、恭王殿下！」

春燕が慌てて跪《ひざまず》く。何せ相手は皇族だ。自分のような者が対等に話せる方ではない。

「顔を上げよ。そんなままでは話も出来ぬ」

言われて、ようやく立ち上がったものの、恐れ多さは消えなかった。

「こんな夜更けに、どうされたのですか？」

「うむ。士誠とゆっくり話がしたくてな。生憎、故人は口を持たぬゆえ、わしが伝えたいことを聞かせるばかりだが」朱衍は手を後ろに組み、感慨深げに続けた。「士誠はよき友であった。剣筆は身分の違いを越え、我らを結びつけてくれた。斐家の血が絶えたとはいえ、そなたがこうして技を受け継いでくれたこと、心から嬉しく思うぞ」

旦那様への思いを吐露《とろ》する姿と、親しみのある口調で、春燕の緊張は少しずつ解けていった。この方は、本当に旦那様の知己だったのだ。

朱衍が、何かを察したように尋ねる。

「それよりも、浮かぬ顔をしておるのはどうしたわけだ？　主人の仇討ちを果たし、大会に優勝する名誉も得たというのに」

心の内を見透かされ、春燕は当惑した。でも、ため込んでいるよりは吐き出してしまう方がいいかもしれない。葛藤《かっとう》を解決する時間も無いし、他に相談出来る相手もいなかった。

春燕はそこで、ありのままを打ち明けた。二人の師匠についていくべきか、それとも別れるべきか。

聞き終えた朱衒は、深く頷きながら言った。

「そなたの師匠達は『七光天筆《しちこうてんひつ》』の名を受け継ぐまで、剣筆家として世間に顔を出さぬと誓った身だ。しかし、そなたのために禁忌《きんき》を破った。そなたを弟子にして、段素桂と戦う機会を与えるべく、大会を妨害し大仰な芝居もしてみせた。無論、それらを咎《とが》める者などおりはすまい。が、二人としては、自らの行いにけじめをつけねばならなかったのだろう。のみならず、師匠としてそなたに教え、様々な限界にぶつかった。今一度、やり直す必要があったのだ」

「わかります。わかるんです……。でも、私のためにあらゆる力を尽くしてくれたお師匠様達に、何にも恩返ししてないんです。だから、このままお別れするなんて……」

「それは違うぞ」朱衒はやんわりと諭《さと》すように続けた。「恩ならば、とうに返したとも。いや、そなたは、もっと大きなものを二人に与えたと言ってよかろう。人から多くを受け取る者は、得てして人にも多くを与えているものなのだ」

春燕は困惑し、相手を見た。

「わからぬかね？　陸・韓の二人は、師の跡を継ぐという呪いに縛られていた。そなたは、その呪いを解いたのだ。彼らは杭州の屋敷に身も心も縫《ぬ》いつけられ、決着のつかぬ戦いに明け暮れていた。そなたが現れなければ、彼らの時は永遠に止まり続けておっただろう。

これは、間違いなく言える。あの二人が自らの道を進めるようになったのは、そなたのおかげだと」

それは思いもよらぬ——けれども、実に腑《ふ》に落ちる答えだった。脳裏に、これまでの日々が蘇《よみがえ》る。確かに、陸破興も韓九秋も、彼女へ感謝の言葉を口にしていた。春燕が師匠達から多くを得たように、彼女もまた二人に与えていたものがあったのだ。ただ、気がつかなかっただけだ。これまでの春燕はずっと、自分のことで手一杯だったから。

朱衒はさらにつけ加えた。

「そなたも、目指す道は定まっているのだろう？　彼らがその邪魔をしたいと思うかね？　ならば、そなたにとっても同じはず。彼らが目指す道を、妨げるべきだと思うかね」

「……いいえ」

春燕はきっぱり首を振り、微笑んだ。朱衒の言葉が、次第に心へ深くしみこんでいった。師匠達のためにも、新たな出発を喜ぶべきだ。それがきっと、三人の未来をよりよいものにしてくれるはずだから。

「ありがとうございます。きっと、そういうことなんだと思います。別々の道を進むのが、私達にとって一番いいんだって」

「いかにも。しかし、必ずまた繋がる道でもある。悲しむ必要はどこにもない。二人を、快く送り出してやるがよいぞ」


夜明け。

春燕は早くに起きて支度をした。心の準備も、きちんと出来ていた。

屋敷の外で待っていると、陸破興と韓九秋が言い争いながら出てくるところだった。

「……おい、お前は一体どこまでついてくる気なんだ?」

陸破興が愚痴《ぐち》をこぼした。すぐ隣を歩く韓九秋が、ふんと鼻を鳴らす。

「私ではなく、お前がついてきているのだろうが」

「馬鹿言え。俺は北の景色を描きたくてこっちの道を選んだんだ。誰が好き好んでお前なんかと道中を一緒にするかよ」

二人はやり合うのに夢中で、屋敷の出入り口近くにいた春燕に気がつかず、そのまま進んでいった。

「最初に北へ行くと言ったのは私だ。お前も聞いていたはずだぞ。そんなに気に入らんのなら、お前が道を変えれば済む話だ」

韓九秋が冷ややかに言えば、陸破興もすかさず切り返す。

「いいや！　俺はこの道を行く。あんたがよそへ行け。いやいっそ、南へ行っちまえ！」

「今更南へなど行けるものか。ならばお前がそうしろ」

「俺は北へ行くって言ってんだろ！」

「行くのは私だ！」

「何だと！」

「やるのか！」

別れ際になってもいつもの調子で争っている。春燕は、くすっと笑った。

二人が、ぎくりとして振り向く。

「しゅ、春燕？　お前、何でここに？」と陸破興。

春燕は二人へ近づいた。

「引き留めるつもりじゃないんです。お二人のお話、偶然聞いてしまって。ただ、きちんとお別れを言いたくて。だから、来ました」

春燕は、お嬢様の形見の短剣と手鏡を、それぞれ差し出した。

「これ、持っていってほしいんです。どちらも私の宝物です。いつ、どこにいても、私が一緒にいる証《あかし》として」

二人は顔を見合わせた。それから陸破興が遠慮がちに短剣を受け取り、言った。

「いいのか？　大事な物なんだろう？」

「いいんです。私が剣を振れば、お嬢様はいつでも顔を見せてくれます」

手鏡を手にした韓九秋は、深く頷いた。

「ありがとう。きっと大切にしよう」

「今まで、ありがとうございました。お師匠様達に教えていただいたことは、ずっと忘れません。私なら大丈夫です。安心して行ってください。それから、それから……」

続ける言葉が浮かばず、春燕は衝動的に二人に抱き着いた。陸破興と韓九秋が受け止める。感謝、いたわり、期待……伝えたい想いは山ほどある。けれど胸が一杯になって、それらを言葉にしきれなかった。二人の師匠も同じ気持ちだったかもしれない。思いを口には出さず、ただ春燕を優しく抱き締め続けた。

ようやく、彼女は自分から身を離した。

「……また、会えますね？」

韓九秋が微笑んだ。

「もちろんだ。今度会う時は、我々もお前の師として相応《ふさわ》しい剣筆家になっていよう」

春燕は何度も頷いた。

「しっかりやれよ。じゃあな」

「さらばだ、春燕」

笑顔で去っていく師匠達へ、春燕は手を振り続けた。二つの影が、道の向こうに消えるまで。

一陣の風が吹き抜けていった。

悲しむことなんかない。私達の道は、これから始まるんだもの。

春燕は微かに鼻をすすると、背筋を伸ばし、腰の彫書剣を抜いた。そして、高らかに別れの詩を吟じ、舞い始めた。

青山《せいざん》　北郭《ほつかく》に横たわり
白水《はくすい》　東城《とうじよう》をめぐる
この地　一たび別れをなし
孤蓬《こほう》　万里にゆく
浮雲《ふうん》　遊子《ゆうし》の意
落日《らくじつ》　故人《こじん》の情
手を揮《ふる》いて　ここより去れば
蕭蕭《しようしよう》として班馬《はんば》は鳴く

※この作品はフィクションです。実在の人物・団体・事件などにはいっさい関係ありません。

集英社オレンジ文庫をお買い上げいただき、ありがとうございます。
ご意見・ご感想をお待ちしております。

● あて先
〒101-8050　東京都千代田区一ツ橋2-5-10
集英社オレンジ文庫編集部 気付
春秋梅菊先生

集英社
オレンジ文庫

詩剣女侠

2021年6月23日　第1刷発行

著　者　春秋梅菊
発行者　北畠輝幸
発行所　株式会社集英社
〒101-8050東京都千代田区一ツ橋2-5-10
電話【編集部】03-3230-6352
【読者係】03-3230-6080
【販売部】03-3230-6393（書店専用）
印刷所　大日本印刷株式会社

ISBN 978-4-08-680394-6 C0193